ダッシュエックス文庫

卑怯者だと勇者パーティを追放されたので働くことを止めました

上下左右

Contents!

「ニコラ、お前を俺たちのパーティから追放する」

「え？」

　突然の追放宣言にニコラは絶句する。二年前、彼は魔王を倒すべく結成された勇者パーティの一員として選ばれた。働くことが何よりも嫌いな彼は、当初その誘いを拒絶したが、あまりに熱心な誘いと、武闘家として修行の一環になるのではという期待から、とうとう首を縦に振った。

　それから仲間と共に魔人や魔物と闘い、苦難を乗り越えてきた。そして魔王まで残りわずかという局面で、突然リーダーの勇者から追放を宣言されたのだ。受け入れられるはずもない。

「納得できるはず――」

「勇者様の言うとおりですわ」

　反論しようとしたニコラを許さないと、女剣士が獣でも見るような視線を彼に向けながら、腰に提げた剣を抜く。

「ど、どうした、いったい。俺たち仲間のはずだろ」

「お前のような卑怯者が、俺たち勇者の仲間なはずがないだろう。今までは便利な駒として使ってやったが、お前の悪評のせいで、勇者の金看板に傷が付く」

「そんな勝手な――」

「勝手なのはどちらですか！」

魔法使いの少女が杖を片手に魔力を集中させる。敵対の意志が全身から溢れ出ていた。

「私はあなたから冒険者としての技術を教わりました。おかげで私は強くなれました」

「だろう！　やはり俺は必要な人材だ！」

「しかし今となっては後悔しています。あなたのせいで私は卑怯者の弟子扱いですよ。初対面の人から卑怯者と呼ばれる気持ちが分かりますか！」

「長年連れ添った仲間から卑怯者と呼ばれる気持ちなら分かるぞ」

「あ、あなたのそういうふざけた性格が大嫌いなのです！」

ニコラは反論を口にしようとするも、グッと堪えて我慢する。このまま険悪な関係が続けば、待っているのは戦闘だ。

「だが本当にいいのか。俺が抜けてもこのパーティはやっていけるのか？」

「問題ない、勇者である俺がいるからな。だろ、みんな」

「「はい、勇者様」」

女剣士と魔法使いは勇者に熱い眼差しを向ける。その視線は憧れの仲間に向けるものではなく、恋する乙女が慕う相手に向けるものだった。

「俺はお邪魔ということね」

ニコラは三人の様子を見て、自分がハーレムの中に混ざった不純物なのだと悟る。このままパーティに残留しても良いことはないと判断し、追放を受け入れることに決めた。

「なら俺は去るよ。魔王討伐頑張ってくれ」

「任せておけ。なにせ俺は勇者だ」

勇者は侮辱するように鼻で笑うと、目障りだから消えろと、手を振って追い払う。屈辱を覚えながら、ニコラはおとなしく、その場を後にする。

「背中を見せたな！」

ニコラが背を向けると同時に、勇者は剣を抜き、ニコラに斬りかかる。追撃とばかりに女剣士の斬撃と、魔法使いの炎魔法が彼の身体を痛めつける。傷を負い、地に伏せる彼を見下ろすように、勇者は一言口にした。

「お前の装備は俺たちが有効活用してやるよ。達者で暮らせよ。無職君」

勇者たちはニコラの全財産を奪い取り、魔王討伐の旅を再開した。一人悔しさと痛みで悶えるニコラは「どちらが卑怯者だよ」と言い残して、気絶した。身ぐるみを剝がされた彼に残されたのは、激しい憎悪の感情と、二度と働くものかという意志だけだった。

第一章 山から降りた無職

I stopped working because I was expelled from the brave party who denounced me as a coward

　人はなぜ働くのだろうか？

　後世にまで名を残す立派な人物たちは、往々にして働かない。世界の謎を解き明かした賢者や、多くの人を感動させた芸術家は、パトロンの庇護を受けながら自分のしたいことだけを追求する。その生き様は、親族の脛を齧りながら自分のやりたいことを自由にして生きる、無職そのものではないか。

「だから武闘家は働いたら負けだと思うのだよ」

　ニコラが悟りでも開いたかのような表情で告げると、対面のソファに座る黒髪の女性が、眉間に皺を寄せて不機嫌そうな表情を浮かべた。

「…………」

「武闘家の日々は常に鍛錬が求められる。肉体維持に技の練度向上、その道には終わりがない。さらに働くと社会とのしがらみができてしまい、命を懸けることを躊躇わせる。だから俺は働かないのだ」

「あなたの言い分は分かったわ。これからも私の脛を齧り続けていきたいということね」

「つまりはそういうことだ」

　女性の眉間に刻まれる皺が深くなっていく。怒りを抑えこむ時、彼女はいつだってこの表情を浮かべる。

「あなたが弟でなければ、いますぐにでも追い出してやりたいわ」

「あはははっ、俺は素敵な姉を持てて幸せだな」

　腰まである黒髪と大きな黒い瞳をした女は名前をサテラといった。戸籍上の関係は従姉（いとこ）だが、姉弟同然に育てられてきたため、今では家族としての関係を築いている。その姉に養ってもらっているのが、ニコラというわけだ。

　こんな関係になったのは半年前のことだ。勇者パーティを追放されたニコラは、人との関わりをなくすために、職を持たず山籠（やまご）もりをしていた。だがそんな生活をいつまでも続けていてはマズイと、彼の食費を払い、住む家を提供してくれたのが、サテラというわけだ。だが半年間、一度も働こうとしない弟に、さすがの彼女も我慢できなくなっていた。

「そもそも俺は金に困っていない。姉さんが衣食住を提供してくれるし、小遣いが欲しければ親切な盗賊（とうぞく）どもから奪えばいいからな」

　サテラは大きなため息を吐く。ニコラは実戦訓練と称して、国境付近に潜伏する山賊のアジトを襲撃するのを日課としていた。彼にとって山賊とは引き出しに手間のかかる貯金箱のようなモノで、社会のゴミ共を掃除できることに、一種の達成感さえ抱いていた。

「その盗賊たちから奪ったお金はかなりの金額だと聞いているのだけれど、いったい何に使っているのかしら？」

「秘密だ」

「あなたのことだから、どうせ碌でもない理由なのでしょうね」

サテラは不機嫌を隠そうともせずに、再びため息を吐く。

「そんなにため息ばかり吐いていると幸せが逃げていくぞ」

「余計なお世話よ！」

「それにだ。姉さんはどうしてそんなに俺を働かせようとするんだ。一生遊んで暮らせるだけの金持ちなのだから、俺一人養うくらい構わないだろ」

「はぁ～、これが伯爵家の跡取り息子だなんて」

「伯爵は叔父さんに名誉として与えられただけの称号で、領地も何も与えられてないんだ。俺は名誉なんていらない。姉さんが結婚したら、その旦那にでも継がせればいいさ」

ニコラの叔父、つまりサテラの父親であるチルダは冒険者として世界で五本の指に入るほどの成果を残した。オーロリー家のチルダといえば知らぬ者はいないほどに名前が知れ渡り、その功績として王から伯爵の称号と、末代まで遊んで暮らせるだけの金貨を与えられた。順当に進めば、伯爵の称号は男子であるニコラがそのまま継承する予定となっていたが、彼は権力に興味がなく、サテラの自由にすればいいと考えていた。

「そういや叔父さん、今回の旅は長いな。どこへ行ったか心当たりはないのか？」

「あるはずないでしょ。相変わらずの行方知れずよ」

「叔父さんなら、俺の働きたくない気持ちも理解してくれると思うんだがな」

「あの人は何も考えていないだけよ。けれど私は違う。私は父さんのお金を自由に使う許可を得ているわ。だからあなたを養うことも容易よ。けれどね、このお金はあなたを穀潰しに育てるためのものじゃないのよ」

「穀潰しとは失礼な。さすがの姉さんでも怒るぞ」

「家から出ていくなら、怒ってくれて構わないわよ」

「温厚な俺が怒るはずないじゃないですか、お姉様！」

眉間にしわを寄せるサテラと、謝罪するニコラの姿は対照的だった。姉のサテラは大きな瞳に、筋の通った鼻、色素の薄い唇は煽情的な魅力を放っていた。さらに白い肌と身に纏う黒のドレスが彼女の魅力を際立たせている。

一方、弟のニコラは顔こそ整っているが、手入れされていない黒い短髪に、死んだ魚のような生気のない黒い瞳と無精髭、それに加えてボロボロの胴着姿のせいで、折角の容姿が台無しになっていた。

「とにかく、あなたには働いてもらいます」

「あははは っ、チョー受ける。俺みたいな無職のゴミを雇う職場なんてあるはずないじゃん」

「あなたがどうしようもない駄目人間だと知っている私が、そのことについて何も考えていないとでも？　私が仕事を斡旋するわ」

「仕事か。もちろん給料が高くて、休みも多くて、働かなくても文句を言われない職場なのだろうな？」

「そんな仕事あるはずないでしょう。けれどね、あなたにピッタリの仕事よ」

「ちょっと待ってくれ。俺は本気で働くつもりはないんだ。理由は姉さんも知っているだろ」

「ええ。脛を齧って楽して生きていくためでしょう」

「…………」

「冗談よ。でもね、あなたもそろそろ過去のトラウマを克服して人間社会に溶け込んでいかないと。世の人たちはあなたが思うほど悪い人ばかりではないわよ」

「……一応聞くが、何の仕事なんだ？」

「私が学校を経営している話はしたわよね。丁度欠員が出て、新しい教員を募集しているの。あなたにはそこで教師になって貰うわ」

「俺が勉強を教えられるとでも」

　ニコラは人生のほとんどを武闘家として過ごしてきた。そのため学力は国内でも下から数えた方が早い。

「勉強を教えられるとは思っていないわ」

「なら何を教えるのだ」

「あなたも知っての通り、出生率が落ちていることが社会問題になっているわ」

「随分と話が大きくなったな」

「話は最後まで聞いて。出生率を上げるためには結婚する男女を増やさないといけない。そこで男女の魅力を学校で磨くべきだという声が挙がったの。そこで生まれたのが、私の学校」

「魅力的な男女か。それはつまり――」

「ええ。強さよ」

一昔前までは異性に対する魅力とは、収入や顔や知能だった。だがそれも昔の話。今はどれほど収入が多くとも、どれほど顔が整っていようとも、どれほど頭が賢くても、弱ければ評価されない。もちろん収入と顔と知能が優れていることが魅力であることに変わりはないが、魅力に対する強さの比重があまりに大きくなりすぎたのだ。

そんな風潮を指して、ある評論家はこう表現した。人間の価値は筋肉で決まると。男女ともに強者を求める世界で、強さを提供する学園の存在は、需要に応えた必然であった。

「あなたは無職の穀潰しだけど、勇者パーティの一員だったし、武道の腕前は相当のモノ。教師として採用されるはず。人に教えることで、あなたも成長できるはずよ」

あながち的外れな意見でもなかった。武術家の中には弟子を取ることで強くなる者も存在する。教えるという行為により、今まで体で学んできた内容を体系的に整理することで、技の練度が増すのである。


「学園で教師か～、対人スキルのない俺が馴染めるか不安だ」

「大丈夫よ。教師の中には人間以外の種族、例えば巨人族やドワーフ族もいるけれど上手く溶け込んでいるわ。人間のニコラならすぐにみんなと仲良くできるはずよ」

「だといいがな」

「あと付け加えておくけど、採用試験があるから、頑張ってね」

「試験か。面倒だが仕方ないな」


ニコラは試験があるという話を聞き、口元に笑みを浮かべる。試験に落ちて教員になれなかったとなれば、さすがのサテラも仕方ないと、彼の無職生活を認めるに違いない。


「あ、ちなみに試験は私も見に行くから。もしワザと試験に落ちるようなことがあれば、あなたをこの家から追い出すからね」

「えっ？」

「路頭に迷いたくなければ死ぬ気で挑みなさい」


有無を言わせぬ笑みを浮かべるサテラを前にして、ニコラはただただ頷くのだった。

◆

世界は大別すると東側諸国と西側諸国の二つのエリアに分けられている。二つのエリアは険しい山脈で区切られていることもあり、旅人や行商人が行き来するのみで、ほとんど交流がない。そのため東側諸国と西側諸国でエリアをまたいだ戦争は起きたことがない。

だが西側諸国同士での争いは絶えず起きていた。特に魔人が中心の社会である魔王領と、人間中心のサイゼ王国。この二大国の戦火は年を重ねるごとに拡大していった。そんな二大国の傍にはさらにいくつかの国家がある。西側諸国で三番目の国力を有し、人間と魔人が共存するシャノア共和国や、ハイエルフとダークエルフが住む自然豊かなエルフ領。それ以外にも多種多様な小国家が存在したが、どの国も共通で抱える悩みが存在した。それは戦争を闘い抜ける強靭（きょうじん）な兵士の不足である。

そんな現状を打破すべく、政府は男女の魅力として最も重要視すべきは戦闘能力だという風潮を作り出した。その風潮は最初こそ中々広がらなかったが、幼少時代からの刷（す）り込み教育の成果により、モテたければ強くなれというのが男女共に当たり前になった。そしてその風潮は現代にも引き継がれている。

ニコラは採用試験を受験するため、試験会場へと向かっていた。柿色の煉瓦（れんが）造りの家々が並ぶ景色は彼にとって見慣れたものだが、どうしても慣れない光景があった。

シャノア共和国は、異種族たちによって形成された移民国家であり、エルフ族、ゴブリン族、巨人族、オーク族、そして人間族が仲良く暮らしている。特にニコラの住む首都シャノアは、魔王領とサイゼ王国に国境が近いため、住人のほとんどは二大国の戦争に反対し、友好を望んで移住してきた者たちばかりであるため、魔人と人間の間に軋轢(あつれき)は少ない。人間中心のサイゼ王国出身であり、勇者パーティの一員として魔人は悪であるという文化で育ってきたニコラにとって、魔人と人間が仲良く暮らす姿はいまだに信じられない光景だった。

「困ったことになった」

ニコラは自分が財布を忘れてしまったことに気づいた。試験会場へ行くためには交通費が必要になるが、今から財布を取りに戻っても試験までに間に合わないし、話したこともない他人から金を借りられるほどに、彼は社交的ではなかった。

「てめぇ、よくもやりやがったな！」

ニコラが石畳(いしだたみ)の道を歩いていると、どこからともなく胴間声(どうまごえ)が聞こえてきた。声のする方向を見ると、丸太の様な腕をしたオークと金髪碧眼(へきがん)のエルフの少女がもめ事を起こしていた。

エルフの少女はきめ細かい白磁(はくじ)のような肌に、絹のような金色の髪がどこか幻想的だった。目鼻立ちも完璧(かんぺき)といえる造形で、顔だけで評価するなら非のつけどころがない。だが彼女が異性にとって魅力的かといわれれば、答えは否である。怯(おび)えたような表情に、触れれば折れてしまいそうな細い腕。強さとは程遠い彼女に言い寄る男は皆無であろう。そんなエルフの少女が、凶暴なオークに絡まれている。

　エルフの少女はどこかの学生なのか、校章の刻まれた白のブラウスに、タータンチェックのスカート姿をしている。そんな彼女を際立たせている首から掛けられたネックレス。琥珀色に輝く宝石は一目見ただけで高価だと分かる。つまりオークの男は裕福なエルフの少女から金を巻き上げようとしていたのだ。

「ぶ、ぶつかってきたのは、あなたの方ではないですか……」

「うるせえっ！　てめえのようなブスに触れられたせいで、俺の一張羅が台無しだ。慰謝料払ってもらうからな」

「そ、そんなぁ……」

　少女は今にも泣きそうな表情を浮かべていた。二人のやりとりを静観していたニコラはニヤリと笑う。

「チャンス到来だ」

　ニコラは石畳の街道を速足で歩き、オークの男とエルフの少女へ近づく。二人は近づいてくる彼の姿に気づかない。

「走れ！」

　ニコラは二人の間に割り込むと、少女の手を掴んで走り出した。急に引かれた手に思考が追いつかないのか、少女は黙って彼についていく。その背中をオークが鬼の形相を浮かべて追いかけてきた。

ニコラは人の目に付かない場所へ逃げようと、エルフの少女の手を引き、裏道へと逃げる。衛兵や騎士に見つかれば面倒なことになる上に、目的を果たすことができないと考えた彼は、誰も知らないような道を進み、大通りから遠ざかっていった。

「ここまで来れば――」

「残念だったな。袋のネズミだ」

行き止まりとなった壁を背に、ニコラはオークと相対する。オークは嗜虐的な笑みを浮かべながら、無遠慮に近づいてくる。隙だらけの油断した動きを見逃す程、彼は甘くない。一瞬でオークの懐に入り込み、風船のように膨らんだ腹を容赦なく殴る。一瞬の出来事に何が起こったのか分からぬまま、オークは悶絶してしまった。

「あ、あなたは誰なのですか？」

「俺は無職、ではないな。教師になる予定の男だ」

「教師ですか？」

「シャノア学園を知っているか？　そこの教師になるのさ」

「知っているも何も、今日から私もシャノア学園の生徒ですよ」

「嘘だろ。その貧弱な身体でか？」

「だからこそです。こんな自分を変えたくて、お父様とお母様に、学園へ行くことを認めてもらったのです」

えっへんと胸を張るエルフの少女は愛らしさこそあったが、強さは微塵も感じられない。サテラからシャノア学園のカリキュラムを聞いていたニコラは、少女が入学後、苦労するであろうことを確信した。

「そういえばお礼がまだでしたね。私はアリス。学園の一年生です。助けていただきありがとうございました」

「俺はニコラだ。よろしくな」

「本当に助かりました。一時はどうなることかと」

「気にするな。俺には俺の目的がある」

ニコラは当初の目的を遂げるべく、気絶したオークの身体をまさぐり始める。

「財布、財布っと、おおっ、あった！　しかもたんまりと持っているぞ。金貨が一三枚。これだけあれば、学園への交通費としては十分だろう」

この世界の交通手段は主に三つ。一つは遥か昔から変わらない馬を利用した移動だ。例えば荷馬車は多くの物資を運べ、小回りも利き、何より料金が安い特徴がある。二つ目は龍による移動だ。こちらは一度に運べる物資の量は少ないが、空路なので渋滞がなく、移動速度は馬よりも速い。だが天候に左右されてしまう欠点がある。そして三つ目は移動魔法による瞬間移動だ。これは魔方陣を設置した場所同士を一瞬で移動できる優れものであり、あらゆる交通手段の中で最も早く移動できる。しかし魔方陣の設置には熟練の魔法使いが膨大な工数を費やす必要があり、各国の首都や、重要拠点にのみ置かれている。また設置までに時間が掛かるため、小回りが利かない欠点もある。

魔方陣による移動魔法は一度使うたびに使用料が必要になる。一度の使用料は距離によって変わるが、首都シャノアから学園までなら銀貨一枚程度なので、奪った金貨で十分すぎるほどだった。

「お金を盗るのですか？」

「こいつはカツアゲしようとしていたんだ。金を奪われても文句を言えんだろう」

「それはそうかもしれませんが……」

「ともかくアリスには関係ないことだ。気にしないことだな」

目的を遂げたニコラはこの場から立ち去ろうとした。その時だ。女の怒声が裏路地に響き渡る。

「姫様！」

声がした方向に視線を向けると、褐色の肌とピンと伸びた耳を持つ、ダークエルフの少女が立っていた。透き通るような銀色の髪と月のように輝く黄色の瞳は芸術品のように美しいが、その美しさを台無しにするような怒りの形相を浮かべている。校章の刻まれた白のブラウスの

おかげでシャノア学園の生徒だと分かる。

「貴様、こんな裏路地に姫様を連れ込んでどういうつもりだ？」

「いや、俺は――」

「問答無用！」

　褐色の少女が一気に間合いを詰めて殴り掛かってくる。間合いの詰め方や殴るときの体重の乗せ方から、少女がかなりの実力者だと察せられた。

　だがニコラからすれば所詮は生徒の一人。問題にならないレベルだ。少女のパンチを躱すと、ブラウスの襟を持ち、背負い投げた。投げられた少女は背中から地面へ落とされる。ダメージを軽減するため背中から落とされたことに気づいたのか、少女は屈辱の表情を浮かべていた。

「イーリス、何をしているのですか？」

「姫様がどこかへ連れ去られたと聞き、助けに参ったのです」

「私は大丈夫です。先生――になるかもしれない人が助けてくれましたから」

「この男が……」

　イーリスと呼ばれた少女が値踏みするような視線をニコラへと向ける。

「……すまない。てっきり姫様に害をなす悪人かと思った」

「勘違いで人を襲うとは酷い奴だな。それに俺の善良な顔を見ろ。誘拐なんてするように見えるか？」

「典型的な犯罪者顔だな。あと絶対友達いない」

「友達いないことは今回の話と関係ないだろ！」

「そうですよ、イーリス。人には常に優しくあれ。あなたは我が家の家訓を忘れたのですか」

「申し訳ございません、姫様」

アリスに注意されて反省したのか、イーリスはしゅんとした表情を浮かべる。先ほどまでの強気な表情が嘘のようだ。

「先生が私たちの担任になればいいですね」

「担任になる以前に、試験に受からないとな」

「試験ですか……確か今日行われるのですよね」

「ああ。入学式前に学生たちへのアピールも含めて、公開試験が行われるんだ」

「時間は大丈夫なのか？」

イーリスが懐から懐中時計を取り出す。そこには試験の開始時間をすでに過ぎた時刻が刻まれていた。

「まずいな。試験に遅刻なんてしたら、姉さんが怒るぞ」

「私を助けてくれたから遅れたようなものです。よければ私の方からも学園に事情を説明しますよ」

「なら頼む。俺は急いで学園へ行く」

そう言い残して、ニコラはシャノア学園へと走り出した。その背中を、アリスは微笑を浮かべて見送った。

◆

魔方陣を使ってシャノア学園の校門前まで移動したニコラは、目の前に広がる学園に圧倒される。とても学校とは思えない広さの敷地に、聳え立つ大理石でできた複数の校舎。さらに自然公園のように緑豊かな高木が並び立っている。これほど大規模な敷地を有することができるのは、シャノア学園が入学希望者の尽きない人気校であるが故だった。

ニコラは並木道を進み、試験会場へと急ぐ。試験会場は校門から目と鼻の先にある円形場の建物で、施設内にはすでに大勢の観客が集まっていた。普通の学園では見かけないこの建物は武闘家同士が闘うための闘技場である。強さを追求するシャノア学園において、生徒たちの模擬戦闘や進級試験に使用されていた。

「姉さん！」

教職員たちが座るエリアへ向かうと、サテラは苛立たしげな表情でニコラがやってくるのを待っていた。

「すまん。遅刻した」

「……事情は聞いているわ。襲われていた生徒を助けたそうね。あなたのことを性根の腐ったクズだと思っていたけれど、見直したわ。やるじゃない」

「これっぽっちも嬉しくない褒められ方だな」

だがニコラは抗議の言葉を続けない。本当はカツアゲを正当化するために助けただけであり、反論することに後ろめたさを感じたからだ。

「で、試験はどうなるんだ？」

「観客の生徒たちや対戦相手に事情を説明して、あなたの到着を待って貰っているわ」

「なら不合格ではないのだな？」

「ええ。受験してきなさい」

試験を受けられると聞き、ニコラはほっと息を吐く。もし試験も受けずに教師になれなかったとしたら、姉の脛を齧るどころか、家から追い出されるかもしれないと危惧していたのだ。

「試験内容は覚えているわよね？」

「決闘して勝てばいいのだろ」

「ルールは実戦形式の決闘よ。相手に参ったと言わせるか、気絶させれば勝ち」

「反則は？」

「ないわ。魔法や武器の使用さえも認めている。もっともあなたは素手しか使わないと思うけれどね」

サテラの素手しか使わないという言葉には理由がある。この世界には大きく分けて三つの戦術が存在した。一つは銃や大砲を使用した火器戦術だ。単純だが誰でも威力のある攻撃が行え、過去の戦争でも重宝されていた。

二つ目は魔法による戦術。炎や水など自然の力を自在に操り、大勢の人を巻き込む攻撃を行う魔法使いは人々を震え上がらせた。

そして最後が闘気による戦術だ。武闘家や剣士は訓練を積むと、闘気というオーラが体を包むようになる。闘気を身に纏った攻撃は岩をも砕き、崖の上から落とされても傷一つ付かない鋼の肉体となる。

現代の戦闘は闘気による戦術が他二つの戦術より優れているといわれている。火器が闘気を貫通することはできないし、魔法は習得に膨大な時間が必要にもかかわらず、闘気を貫通できる威力となるには血の滲むような修練が必要だからだ。つまり魔法の訓練をするくらいなら、筋トレをして闘気と筋肉を増やす方が強くなるための近道なのである。

「試験の前に忠告しておくわ。あなたの対戦相手、かなりの闘気量よ。負けることはないと思うけど、気をつけてね」

「山籠もりで山賊相手に身につけた力を見せてやるよ」

ニコラはサテラに見送られながら、闘技場の中心にある試験会場へと向かう。観客からの視線を浴びながら、彼は対戦相手の待つリングへと上る。

「お前が来るのを楽しみにしていたぞぉ！」「姫様を助けてくれてありがとう！」

アリスを助けたという話を聞かされていた観客たちが、一斉にニコラを褒めたたえる。観客の誰もが彼の勝利を期待する雰囲気が出来上がっていく。そんな空気を対戦相手の男は、嫌悪を滲ませた表情で静観していた。

「凄い人気だね」

対戦相手の男は顔こそ優男だったが、腕は丸太のように太く、身長も高い。それに何より体を覆う闘気の量は、彼が強者だと証明していた。

「僕の闘気量に驚いているのかな。それはそうだろうね。僕ほどの使い手は学園にも数える程しかいないだろうからね」

「自信に見合うだけの実力はあるようだが、相手が悪かったな。もし対戦相手が俺でなければ、試験に受かっていただろうに」

ニコラは相手の戦力を分析して勝利を確信する。そして必勝の策を頭で巡らせていく。

「先に謝っておくぞ。俺は面倒事が嫌いなのでな」

ニコラは極端に闘気量を減らした状態で、全身から闘気を放つ。その姿を見て、対戦相手の男は笑いを零した。

「失礼。これから僕と闘おうという男が、一般人に毛の生えた闘気量だったのが面白くてね」

男は嘲笑を隠そうともせずに笑い続ける。だが彼は気づいていなかった。ニコラも口元に笑みを浮かべていることに。

◆

　暴漢から助けられたアリスがシャノア学園にたどり着いた時には既に試合が始まっていた。リング上で圧倒的な闘気を放つ優男と、一般人とさほど変わらない闘気を放つニコラが睨みあう姿はまるでライオンがウサギを捕食しようとするさまだ。

「アリス様、お待たせしました」

　シャノア学園の学園長であるサテラがアリスを出迎え、用意された主賓席に座るよう促す。学園長のサテラよりも豪華に飾られた椅子を見て、アリスは首を横に振った。

「私は学園の生徒になります。一人だけ特別待遇は遠慮させていただきたいです」

「これは失礼しました。アリス様はエルフの国王様とそっくりですね」

「お父様と知り合いなのですか？」

「はい。シャノア学園とエルフ領は親密な関係にありますから。今度エルフ領に姉妹校を建設する計画もあるのですがご存じですか？」

「知らなかったです。お父様は私に大事なことを何も教えてくれませんから。きっと信用されていないのですね」

「アリス様はこれからのお方。国王様からもアリス様を一流の戦士にして欲しいと頼まれております。きっとシャノア学園を卒業する頃には、国王様もアリス様を認めてくださるはずです」

「はい。私、絶対に強くなってみせます」

「その意気です、アリス様。それはそうと道中に暴漢に襲われたとお聞きしました。無事だとは事前に知らされていましたが何かあったのですか？」

「実は――」

アリスはニコラに助けられたことを話す。もちろん返り討ちにしたオークからニコラが金を奪った話は伏せていた。

「私の馬鹿な弟が役立ったようで嬉しいです」

サテラはアリスの話を聞いて嬉しそうに頬を綻ばせる。口調には誇らしげな感情が含まれていた。

「一つ教えて貰えないだろうか？」

ニコラと優男の試合の光景を眺めるイーリスがサテラに訊ねる。

「構いませんよ」

「あの男はどこか怪我でもしているのか？」

イーリスは路地裏でニコラと闘った時のことを思い出す。彼女の攻撃を避け、軽々と投げ飛ばしたニコラの闘気は、現在リングの上で彼が放っている闘気とは比べ物にならないほどに大きかった。

「まさか私を助けるときに、どこか傷めたのでしょうか……」

アリスの顔が見る見る内に青ざめていく。瞳には涙まで浮かんでいた。

「違いますよ。弟は怪我なんてしていません」

「ならあの闘気量はどういうことなのだ?」

「それは試合を見ていればすぐに分かりますが、一言で説明するとしたら、弟は試合をするつもりがないのですよ」

「それはワザと負けるつもりということか?」

イーリスの言葉にサテラは諦観(ていかん)を含んだ表情を浮かべながら首を横に振る。

「弟は試合ではなく、喧嘩(けんか)をするつもりなのです」

◆

「よければ、降参してくれないかい?」

優男が馬鹿にするような笑みを浮かべながら、ニコラにそう告げる。

「いきなり降参してくれとは不躾(ぶしつけ)だな」

「君を倒すのは容易いが、僕が教師になった後、エルフの姫を救ったヒーローを倒した悪役となるのは嫌だからね」

　僕は人気者が好きなのさと、優男が続ける。

「君にとっても勝敗が明白な闘いをせずに済むから、怪我もしないし、無様な姿を晒すこともない。お互いにとって得なのだよ」

「勝負はやってみないと分からないだろう」

「分かるさ。僕の闘気量は冒険者ならBランクに相当する。対して君の闘気量はFランクの中でも下位だ。子供が大人と喧嘩するようなものさ」

「……仕方ないか」

　ニコラは悔しそうな表情を浮かべながら、両手を上げる。すると観客たちからどよめきが生じた。観客からは真剣に闘えという声と、降参しても仕方ないという声が入り混じっていた。

「賢い選択だね」

「ああ。俺もそう思う」

　両手を上げた状態で優男に近づいたニコラは、油断して気を抜いている男の股間に蹴りを放つ。蹴り足に瞬間的に闘気を集め、放たれた金的蹴りは、容易にBランクの闘気の鎧を貫いた。

「ぐぎゃあああああっ!!!」

　睾丸を潰された優男が激痛に絶叫する。体を痙攣させ、ピクピクと動く様は、既に闘える状態ではなかった。

「聞こえていないかもしれんが、これから教師になるんだし、解説しといてやる」

「…………」

「闘気を少なく見せ、降参するような素振りを見せることで、お前を油断させる。圧倒的な実力差があると舐めているお前は、俺の接近を許してしまった。当然殴られるとも思っていないのだから、金的蹴りも容易に入る。隠していた闘気を足に集め、蹴り上げれば、相手にどれほどの実力があろうと一撃で倒れるという寸法だ」

「…………」

「もしお前が俺を舐めずにまともに闘っていれば、金的蹴りも入らなかっただろうから、俺も多少は実力を見せなければならなかった。だがお前は俺の狙い通りの動きをした」

「…………」

「つまりだ。お前は試合に強いが喧嘩に弱かったということだ。次は喧嘩の腕を磨いてくるんだな」

それを聞き終わると、優男は気絶した。サテラが勝者の名を告げる。告げられた名はニコラのものだった。だがその宣言を受け止められる程に、観客の生徒たちは大人ではなかった。

「卑怯者！」「騙し打ちなんて最低！」

生徒たちの声が大きくなっていくと、次に教員たちからも同じような声が溢れてきた。

「あんな奴と同僚になるのは御免だ！」「生徒たちに悪影響を与える！」

至る所から非難の声が挙がる中、サテラは事情を説明するために、皆に黙るよう手を上げる。

「確かに卑劣な勝ち方ですが、ルールには反していません。加えて金的蹴りを放つ際の、闘気を練る速度も一級品でした。それに何より、あんな簡単なワナに引っかかるような男を教員として採用するわけにいきません」

学園長であるサテラの言葉に、非難していた生徒たちや教員たちが黙り込む。あの場で気絶している男と、憮然とした姿で立っている男。どちらを採用すべきか明白だったからだ。

「ニコラを本校の教員として認めます。そして彼から学んでください。闘いはよーいどんで始まるとは限りません。いつでも闘えるように、常に緊張感を持ちながら学園生活を過ごしてください」

サテラの宣言に乾いた拍手が投げられる。その音色に歓迎の色は含まれていなかった。

◆

採用試験に無事合格したニコラは、あくびを漏らしながら学園の廊下を歩いていた。彼が担当するのは今日入学してきたばかりの一年生たちで、彼らの教室は学園の端にひっそりと建てられていた。

「まるで隔離クラスだ」

この学園の生徒たちは種族によってクラスを分けられている。オークならオーク族の集まる教室、人間なら人間族の集まる教室に振り分けられるのだ。

だが種族の垣根を越えたクラスが二つ例外として存在している。一つは学年最強の生徒だけを集めたエリート集団の一組である。そしてもう一つのクラスは、ニコラの担当する九組で、入学してきた一年生の中でも劣等生ばかりが集められていた。

弱いと分かっているのなら、最初から入学させなければ良いではないかとも思えるが、理由を知り、ニコラは納得した。筋力も闘気も劣る彼らを入学させているのは、彼らの未知なる実力に期待してではなく、親からの莫大な寄付金が目当てだったのだ。そのため家が貴族であったり、大商人の親族だったりする者が多いとも聞かされていた。

「ここだな……」

教室の扉を開けて中へ入ると、生徒たちの視線が一斉にニコラへと向けられた。そのどれもが不快感を隠そうともしない鋭いモノだった。

ニコラも教室の生徒たちを観察するように視線を巡らせる。貧弱な肉体に貧弱な闘気量。金で入学したという話は本当なのだと理解した。

「貴様、ここに何をしに来た！」

褐色のダークエルフの少女が立ち上がると、ビシッとニコラを指さす。嫌悪感を隠そうともしない少女の顔に見覚えがあった。

「確か路地裏で投げ飛ばした……イーリスだったか」

「私の質問に答えろ？　何をしに来たのだ！」

「俺がこのクラスの担任になった。だからここにいる」

「お前のような卑怯者から学ぶことなど何もない！　早々に立ち去れ！」

イーリスの言葉に合わせるように、教室中から「そうだ、そうだ」という声が響く。卑怯者コールが鳴り響き、次第にニコラのトラウマが蘇ってくる。勇者パーティから追放された時もこんな風に袋叩きにあったのだ。

「おい、馬鹿ども。学園一の劣等生どもが教師を選べる立場だと思っているのかよ」

トラウマがニコラの理性と我慢を吹き飛ばし、教師とは思えない言葉が生徒たちに放たれた。卑怯者コールは静まりかえり、生徒たちは黙り込む。

「そもそもだ。なぜ新人の俺に、このクラスが回ってきたと思う？」

「それは……」

「このクラスを引き受ける教師がいなかったからだ。つまり俺は学園一の劣等生たちの担任という貧乏くじを引かされたのさ」

ニコラを非難していた生徒たちが悔しそうな表情を浮かべる。彼らとて自分が実力ではなく、親の力で入学した事実を良く理解しているのだ。

「お、俺たちは確かに劣等生かもしれない。けれどイーリスさんは違う。彼女はこの学園でも五指に入る実力者だ」

「この程度で五指に入れるのかよ」

「なっ！」

「だが九組のポンコツどもの中では一人だけマシな闘気ではある。その理由は察しが付く。アリスの護衛としてこのクラスにいるわけだ」

イーリスの隣の机で教科書と睨めっこをしている金髪の少女、アリスが目に入る。彼女の筋量と闘気量は一般人よりも劣るレベルだ。シャノア学園によく受かったモノだと思っていたが、タネを明かせば、彼女は王族という地位のおかげで入学できたにすぎない。

ニコラはアリスの様子を観察する。彼女は教室が騒がしいにも拘わらず、教科書から目を離そうとしない。凄まじい集中力だった。

「まぁ良い。俺も望まれていないのに教えるつもりはないからな。勝手に自習していろ」

教卓にうつ伏せになると、生徒たちはポカンとした表情を浮かべるが、自分から教わることはないと言った手前、何も言うわけにもいかず、素直に自習を始めていく。

「あんな卑怯者がいなくとも我らが手を合わせればより強くなれる」

自習方法は皆、さまざまであった。アリスのように教科書片手に勉強する者、イーリスと共に、教室の後ろで腕立て伏せや腹筋を始める者、中には闘気量を増やすために座禅を組んでいる者もいる。

ニコラはうつ伏せになった腕の隙間からその様子を窺いつつも、内心ため息を漏らす。彼らが劣等生と呼ばれていることに納得したからだ。

「見どころのある奴はイーリスだけか」

ニコラは一瞥しただけで、その者の実力におおよその当たりをつけることができる。例えば腕立て伏せは身に纏う闘気を身体のどこに分配するかで格闘センスが分かるし、座禅なら無意識に闘気を垂れ流すのではなく、最大闘気量を増やすために意識して体から闘気を放出しているかどうかで、応用力や思考力を推し量ることができた。

「あいつらも確認しておくか」

ニコラはうつ伏せを止めて、黙々と座学に勤しんでいる生徒たちから、教科書を没収していく。突然教材を奪われた生徒たちは困惑の表情を浮かべる。そんな生徒たちの中にはアリスも含まれていた。

「な、なにをするのですか？」

「お前たちの強さを確認しておく。教科書を読んでいた奴らは腕立て伏せをやってみろ」

生徒たちは「自習じゃなかったのかよ」と、不満の声を漏らすが、ニコラは無視して腕立て伏せを強要する。生徒たちは弱々しい動きで、腕立て伏せを繰り返していく。一人の生徒を除いては。

「アリス、もしかしてお前……」

「恥ずかしながら腕立て伏せができないのです」

「もう一度やってみろ」

　腕立て伏せは筋量が少なくとも闘気を上手く運用すれば、女子供でも容易にこなすことができる。

　何が悪いのか観察するため、アリスに腕立て伏せを再挑戦させる。貧弱な闘気は腕立て伏せの力さえ生み出せず、腕を崩して、床に伏してしまう。

「やはり上手くいきません」

「今度は上半身だけに闘気を集中した状態でやってみろ」

　闘気は全身から放つことも可能だが、強化したい部分を限定することも可能だ。腕立て伏せは主に腕と胸の筋肉を使用する。つまり顔や足を闘気で覆っても無駄な闘気を放出するだけなのだ。

　アリスはニコラからの助言通りに腕立て伏せを行う。今度は途中で崩れることなく、無事腕立て伏せを成功させた。

「闘気を特定の箇所に集めるのは上手いんだな」

「はい。私は筋肉も闘気も少ないですから。闘気の移動速度くらいは速くしておきたかったのです」

卑下するようにアリスは話す。彼女がこの力の本当の価値に気づくのはまだ先の話だった。

◆

アリスたちの腕立て伏せを見終えたニコラは、生徒たちに自習をさせ、一日が過ぎるのを待った。彼らに教えることで自分も強くなれるかもしれない、そう思ったからこそ、教師になる話を受けたが、卑怯者と罵る彼らが大人しく言うことを聞くとは到底思えず、また彼自身もそんな相手に教えるつもりは毛頭なかった。

「どうせこのままいけばクビになる。それまでの辛抱だな」

生徒たちが求めてこない限り、ニコラはこのまま自習を続けるつもりだった。嫌々教えるくらいなら、自習でもさせていた方がマシだからだ。

「どこかに面白いことでもないかね」

夕暮れの中、欠伸を漏らしながら渡り廊下を進む。下校時間を過ぎたこともあってか、人の姿はまばらになっていた。

「……喧嘩か」

ニコラの耳に、誰かが揉めている声が聞こえてきた。その内の一つは今日聞いたばかりの声だった。

「アリスの声か」

　声がした場所まで行くと、緑色の肌をしたオーク族の女と、三人の男子エルフを庇うように立つアリスの姿があった。アリスはいつもの柔和な表情を崩し、怒りの形相を浮かべている。

その理由はオーク女の嘲笑と、顔を赤く腫らした三人の男子エルフを見て、得心した。

「あの三人も俺のクラスの奴だな。仲間を傷つけられて怒ったということか」

　ニコラは姿を隠しながら、アリスたちに近づき、聞き耳を立てる。

「オークスさん、もう私の仲間をいじめるのは止めてください！」

「止めないさ。なにせあんたたち九組の連中は、私たち一組から殴られるために存在しているんだからね」

　オークスと呼ばれた女は丸太のような腕を組み、アリスたちを挑発する。土色の瞳を細めて、殴り掛かってこいと言わんばかりの表情を浮かべている。

「九組の奴らは皆クズさ。自分に実力がないから親の金の力に頼り、シャノア学園へ入学してきた卑怯者の集まりだ。そんなあんたたちに存在意義を持たせてやろうというんだ。私に感謝するんだね」

「オークスさん、あなたは自分勝手ですっ！」

「そう。私は勝手さ。だがね、力はあらゆる勝手を許容する。私が学年最強である限り、あんたたちは私のサンドバッグになるしかないのさ」

これから先も殴られ続けると思ったのか、三人の男子エルフは歯をガタガタと鳴らして震え始めた。

「分かったかい。これが九組の臆病どもさ」

「た、確かに臆病かもしれません。でもみんな優しい心を持っています！」

「優しい、こいつらが!!　なら化けの皮を剝いでやる。おい、あんたたち。三人で殴り合いな。勝った奴はいじめのターゲットから外してやるよ！」

　オークスの言葉に三人の男子エルフは戸惑う素振りを見せたが、その内の一人が決意を固め、残りの二人を殴り始めた。負けまいと、二人も殴り返す。醜い争いが始まった。

「皆さん、やめてください！」

「ははは、本当、あんたたちは醜いね。外見も性根も腐り果てている」

「わ、私の仲間を侮辱しないでください」

「いやだね。これからも馬鹿にし続けるし、いじめも止めるつもりはないよ」

「――っ」

　アリスは目尻に涙を溜めながら、拳を振り上げる。ニコラはその拳が振り下ろされる前に腕を摑んだ。

「やめとけ。オークスの狙いはお前に殴らせることだ」

　アリスはエルフの王族だ。一方的に殴ったとあっては問題になる。だから一度殴らせて、正当防衛で殴り返すつもりだったのだ。

「あんたのその顔をグチャグチャにしてやりたかったんだけど仕方ないね。姫に生んでくれた両親に感謝するんだね」

　オークスは教師のニコラがいる場で、このまま揉め続けるのはマズイと思ったのか、その場を後にする。三人の男子エルフたちも事情を追及され、オークスにいじめられているという話が広まることを嫌がったのか、気づくとどこかへ消えていた。残されたニコラとアリスは気まずい雰囲気の中、夕闇に立つ。金色の髪が夕日を反射して光り輝いていた。

「先生、私はエルフの姫なのに、誰も守れませんでした」

　アリスの瞳には涙が浮かんでいる。痛みによるものでも、悲しみによるものでもない。自分の実力が及ばないことに対する悔しさの涙だ。

「相手はオーク族の女だ。勝てないのも無理はない」

　オーク族はこの世界でもトップクラスの実力を誇る種族だ。圧倒的な筋肉と闘気量は、貧弱なエルフ族が立ち向かえるモノではない。

「先生、私は強くなりたいです」

「どんな手段を使ってでもか？」

「大切な者を守れるのなら、鬼にだってなります」

「そうか」

気づくと、ニコラの口元から笑みが零《こぼ》れていた。最弱のエルフが紡《つむ》いだ言葉は、本気で最強を目指す決意に満ちていたからだ。

「お前がどうしてもと言うなら、俺が指導してやる。もちろん他の生徒たちから卑怯と罵られるかもしれない」

「卑怯でも構いません」

「本当にいいのか？　俺の元弟子は卑怯者扱いされることを嫌悪していたぞ」

「仲間を守れるのなら私は馬鹿にされても構いません。私を弟子にしてください」

アリスが頭を下げる。金色の髪が夕暮れの中で輝き、ひらりと払われる。この娘を最強にしてやろう。ニコラはそう考えるようになっていた。

◆

次の日、ニコラは昨日と変わらず黒板に自習の文字を書き綴《つづ》った。それを見た者の反応はそれぞれだ。彼のことを軽蔑《けいべつ》する者、無視して自習を始める者、怒りの形相を向ける者。そして怒りをぶつける者の中にはイーリスも含まれていた。彼女は教卓に上がると、彼に摑みかかってきた。

「教師に向かって何の真似《まね》だ？」

「教師だと。貴様は何も教えていないではないか！」

「言ったはずだぞ。俺は自分から求めてこない限りは何も教えないとな。黙って自習していろ」

ニコラはイーリスの服の袖を掴むと、彼女の足を払い、教室の後ろまで投げ飛ばす。宙を舞う彼女をクラスメイト達が呆然と見つめる。何が起きたのか理解できないという顔だった。

「イーリスさんが負けた！」「それより何なのあの技！」「あいつって卑怯なだけじゃなかったのかっ！」

教室が騒めき、思い思いの声が聞こえてくる。思えば、イーリスとアリス以外の生徒に、まともな闘い方を見せるのは初めてだった。

「五月蠅いぞ、黙って自習していろ！」

ニコラが手を叩くと、生徒たちは渋々自習を再開し、教室が静謐を取り戻していく。そんな時、教室の扉を開く音が響いた。

「遅れてすいません」

アリスが息を荒げながら、教室に飛び込んできた。額から玉の汗を流して、謝罪の言葉を口にする。

「遅いぞ」

「すいません。夜明け前には出発したのですが、さすがにエルフ領からだと、始業時間に間に合いませんでした」

弟子になったアリスに、ニコラの初めて出した課題が、エルフ領から走って学園へ通学することであった。これには理由がある。武闘家として激しい修行をするにあたり、体力がなければ身体（からだ）がもたない。そのための体力作りの一環であった。

「姫様っ！　今日は用事があるはずでは！」

イーリスは護衛役として登校前にアリスを迎えに行き、共に学園へ向かうのを日課としていた。しかし今日はイーリスがアリスを迎えに行くと、従者の女性から用事があって城にはいないと伝えられた。てっきり姫としての公務でいないのだと思い、彼女は仕方なく一人で登校したのだ。

「用事ならあるわ。走って学園へ登校するという用事が」

「そんな……学園へ行くなら私にも声をかけてください」

「ごめんなさい、イーリス。けれどあなたに付き合わせるわけにはいかないの。これは私の修行だから」

「修行、ですか……」

「ええ。私は先生に弟子入りしたの」

「駄目です、姫様！　こんな卑劣漢（ひれつかん）の弟子になるなど。どんな風に利用されるか分かったモノではありません」

「イーリス、先生のことを悪く言うのは止めて」

「姫様……」

有無を言わさぬ、アリスの言葉に、イーリスは悄然とした表情で黙り込む。昔からイーリスにとってアリスの言葉は逆らうことができないモノだった。

「先生、イーリスの無礼を私からも謝罪します」

アリスが勢いよく頭を下げ、髪がはらりと舞う。と、同時だ。アリスは頭を下げた勢いを使い、ニコラの金的めがけて蹴りを放つ。攻撃を予想していた彼は、その蹴りを手で受け止めた。

「やはり駄目でしたか」

ニコラはアリスに「いつでも襲ってこい」と伝えていた。常に彼の隙を窺い、隙あらば攻撃する。そうすることでアリスは相手の弱点を察知する闘い方を習得することができる。それはニコラにとって武闘家の基本理念とでもいうべき思想だった。

「謝罪し、相手を油断させるアイデアは悪くない。だが金的蹴りを放つ動作がバレバレだ。奇襲は静かに確実にだ」

「はい、先生！」

イーリスはニコラたちのやりとりを見ながら、「姫様が卑怯者に」と、不満げな声を漏らす。強くなるためなら手段を選ぶべきでないという考えのニコラにとって、そんな言葉は右から左へと流れるだけだ。

「アリス、正式に俺の弟子になったのだから、最初にやっておくことがある」

「奥義の伝授ですか？」

「いいや。昨日、お前を泣かせた学年最強の女、オークスに宣戦布告しに行くんだ」

◆

シャノア学園は特別クラスの一組と九組を除けば、通常クラスが二組から八組までが存在する。八組に近づくにつれて、戦闘能力の低いエルフ族や人間族が集められたクラスが割り当てられ、逆に二組に近づくにつれて、戦闘能力の高い狼族や巨人族やオーク族のクラスが割り当てられている。そのせいか一組へと続く渡り廊下（ろうか）は、進むにつれて教室から漏れ出す闘気量が増えていった。

「ここだな」

渡り廊下を抜けた先、目的の一組の教室は九組から最も遠い位置に存在した。大理石の校舎は学園でもトップクラスに大きな建物であり、それぞれの学年の一組だけに許された神聖な校舎である。そんな場所にニコラとアリスは無断で踏み入った。

「先生、ここが一組の教室です。前と後ろ、どちらの扉から入りますか？」

「後ろの扉からこっそり入るぞ」

ニコラたちが教室の中に入ると、扉を開ける物音を立てなかったにも拘わらず、視線が一斉に後ろの扉に集中する。

「やはり一組の生徒は感覚が鋭いな」

教壇で教鞭を執っていた髭面の教師がニコラの姿を認めると、授業を中断されたことに怒り、彼らに非難がましい視線を向ける。

「授業中だぞ。何をしに来た」

「この教室に俺の生徒をいじめた奴がいる。そいつに会いに来たのさ」

教室を見渡してオークスの姿を探すと、目的の人物はすぐに見つけることができた。彼女は嘲笑を浮かべながら、隣に座っていた女子生徒と共に、ニコラたちを指差していた。

「おい、オークス。群れから出て来い」

「はっ、なんだい。王族の地位の次は教師に頼って復讐かい。どうしようもない奴だね」

オークスは立ち上がると、全身から闘気を放ち、臨戦態勢を取る。鋭い視線がニコラへと向けられていた。

「おい、勘違いするなよ。お前と闘うのは俺じゃない」

「だったら誰だい？」

「アリスだ」

ニコラは背中に隠れるアリスを引っ張り出し、オークスの前に立たせる。

「あんたが私に勝とうってのかい！　ウサギとライオンが闘うようなもんさね」

　オークスは教室に響き渡る声で下品に笑う。笑っているのはオークスだけではない。釣られるように教室の他の生徒たちも笑い始める。最弱のエルフが最強のオークに勝つ。それはあまりに馬鹿げた冗談だったからだ。

「今のアリスでは勝てないだろう。だがな、三カ月だ。三カ月あれば勝てる」

「馬鹿を言うんじゃないよ。三カ月で何が変わるっていうのさ」

「そこのへっぽこ教師が教えるなら無理だろうな。だが俺が教えるなら、お前を倒せる実力くらいは身に付くさ」

　ニコラが髭面の教師を指さして挑発すると、教え子の前で馬鹿にされたことが我慢できないのか、彼は怒りの形相(ぎょうそう)を浮かべた。

「随分(ずいぶん)な自信だが、君は実力で教師になれたのではない。学園長のコネと卑劣な手段によって教師の身分を手に入れただけだ」

　髭面の教師は挑発を返すように口元を歪めると、教壇から降り、ニコラたちのいる教室の後ろの扉へと近づいていく。彼が一歩近づくことに、闘気の圧力は大きくなり、生徒たちはゴクリと息を呑(の)んだ。

「なるほど。刺すような闘気だ」

「私の実力を知って、恐怖したか」

「いいや。見た上でも言える。俺の方が実力は遥かに上だ。だが今は闘えない。学園長が来たからな」

ニコラは首を振って、前方の扉から学園長であるサテラが入ってきたと示す。髭面の教師は彼の言葉を信じて、背後を振り向いた。

勝負とは一瞬の油断がすべてを決める。当然決闘の最中に後ろを振り向く愚か者には敗北が訪れる。

ニコラは髭面の教師が振り向いている隙に、金的蹴りを放つ。闘気を集中させた足先は、彼の睾丸を潰すに十分な威力を持っていた。

「ぐっ、ぐぎぎぎぎっ」

睾丸を潰された髭面の教師は、股間を押さえながら、苦悶の声を漏らして倒れ込んだ。誰が見ても戦闘不能な状態だ。

「覚えておけ。俺もアリスも手段を選ばない。三カ月後には必ずお前を倒しに来る。一組と九組の代表が闘う武闘会の場でな」

最強の一組と最弱の九組が闘う武闘会は、九組という噛ませ犬によって一組の圧倒的な力を学園の力としてアピールするためのイベントだった。当然、誰もが一組の勝利を信じて疑わない。そんな状況で最弱のアリスが勝利する。考えるだけで胸躍る展開だった。

「首を洗って待っていろ」

ニコラたちは一組の教室を後にする。その背中を見つめる一組の生徒たちから嘲笑は消えていた。

◆

オークスに宣戦布告した次の日、アリスは郊外にあるニコラの邸宅を訪れた。立派な門構えは彼女の住む王城ほどではないが、上流貴族の邸宅に匹敵(ひってき)するほどであった。

「入ってよいのでしょうか」

屋敷の前でアリスは「う～ん」と唸(うな)り声をあげる。彼女は一人で他人の家に行ったことがなかったため、勝手が分からないのだ。

「おい、そこのエルフ！」

門の前で戸惑っていたアリスに声を掛けたのは、毛皮の外套(がいとう)を着た人相の悪い三人組だった。

「もしかしてニコラの友人か？」

「えーと……」

「兄貴、あいつに友人なんているはずねぇよ。きっと俺たちと一緒さ」

「あんたもニコラに酷(ひど)い目にあわされて復讐しに来たんだな！」

「おい、ニコラでてこい！　いるのは分かっているぞ！」

人相の悪い三人組が門の前で騒ぐと、扉を開いてニコラが姿を現す。先ほどまで眠っていたのか、気怠げな表情を浮かべている。

「近所迷惑だろ。誰だよ、こんな朝早くから——おお、アリスか。よく来たな」

「せ、先生！」

「先生だぁ？」

「てめぇ、どういうことだ？」

「いえ、あの……」

「アリスは俺の弟子だ」

ニコラの弟子という言葉を聞き、三人組は人相の悪い顔を怒りで顰めて、より人相を悪くする。

「てめぇ、俺たちを騙しやがったのか！」

「師匠が師匠なら弟子も弟子だ。卑怯者の最低女だ」

三人組の身勝手な言葉に、アリスは困り顔を浮かべることしかできない。だがニコラは違う。気づくと彼の蹴りが三人組の一人の金的に突き刺さっていた。蹴られた男は股から血を垂れ流して気絶し、三人組から二人組へと変わった。

「いきなり何するんだ！」

「うるさかったからな」

「はぁ？」

「目覚ましの魔導具が鳴っていると殴って黙らせるだろ。同じだ、同じ」

「……相変わらずの倫理観だな」

「俺は誰に対してもこんなことはしないが……お前たち山賊だろ」

ニコラは三人組の服装が、つい最近襲撃した山賊たちと同じであることに気づいていた。そのため彼らが訪問してきた理由にも察しはつく。

「もしかしてボスを憲兵に引き渡したことを恨んで復讐に来たのか？　だとしたらお前たち暇人だな。人生はもっと有意義に使えよ」

「お、お前のせいでどれだけ俺たちが苦労したか……ボスがいなくなり、組織は瓦解。仲間内で派閥争いだ。血で血を洗う内部紛争を止めるには、お前の首を差し出し、俺がボスになるしかないんだ」

「言葉はどう言い繕っても、結局自分がボスになるために俺を殺しに来たんだろ。十分、お前もクズだよ。わーい、仲間仲間～」

「お、俺は……」

「それに俺はお前たちのボスを憲兵に引き渡した賞金を恵まれない人たちに配っているからな。俺の方が人間レベルは上だ」

「う、嘘吐け。お前のようなクズがそんなことするはずない！」

二人の暴言ラリーは数十回続けられる。くだらないなぁ、と内心思いながらもアリスは二人の様子を傍で見守っていた。

「ニコラあああっ、お前の首は俺が貰う！」

「暴力で決着をつけるならさっさとこい」

二人組がニコラと闘うために全身から闘気を放つ。威圧するような闘気は傍にいるだけで息苦しくなる圧迫感があった。

「おい、ニコラは金的を打ってくる。気をつけろ！」

「はい！」

二人組の片方が金的を警戒するため、顔を守るガードを下げた瞬間、ニコラの拳が顔に突き刺さった。鼻の骨を折られた山賊は倒れ込んで気を失った。

「ニ、ニコラ、いつもの卑怯な技はどうした？　容赦のない金的はどこにいった？」

「俺は金的マニアでも何でもないぞ。有効な一撃を状況に応じて使い分けるさ」

「ぐっ……」

「そもそも俺がいつも金的打ちばかりを連打するのには理由があるからな」

「り、理由？」

「俺が金的を多用すると知られていると、どうしても意識がそちらに向くだろ。そうすると他の攻撃に対する意識が低くなる」

「金的打ちを警戒した俺たちのミスか」

「いいや。ミスではないさ。警戒しないならしないで普通に金的を打ち込むからな」

何をしても勝てないと、残った一人の山賊が身体を震わせる。この窮地を脱する方法を探るため、彼はアリスにちらちらと視線を向け始めた。

「一つ忠告しておくが、アリスを人質にした瞬間、お前の首の骨をへし折るからな」

「ぐっ……」

「あ、そうだ。丁度良い機会だし、アリスが倒してみろよ」

「わ、私がですか……」

急に指名されたアリスはゴクリと息を呑んで身構える。闘気を放つもその力は弱々しく、とても人を殴れるような状態ではなかった。

「俺のことは平気で殴れるくせに……」

「せ、先生には、私の攻撃なんて効きませんから」

「おい、山賊、お前にはアリスのパンチが効くってよ。舐められているぞ」

「……このエルフ女がぁっ」

「よし、ならこうしよう。俺がこいつの両腕をへし折ってやるよ。それなら殴れるだろ」

「余計に殴れなくなりますよ……」

「何も遠慮することないのに」

「先生が言いますか……」

ニコラは山賊に近づくと、彼の頰を叩く。空気を切り裂くような破裂音が鳴ると、男の頰が赤く染まった。

「い、いでぇ」

「痛いさ。殴ったんだからな」

「……情はないのか？」

「そもそもお前は山賊として罪のない人間を何人も殺してきているんだぞ。何をされても文句を言えないだろ」

「ぐっ……」

「アリス、覚えておけ。山賊とはつまり人間サンドバッグだ。俺から殴られるために悪行を重ねてきた哀れな魔導具なんだから、使ってやらないと可哀想だろ」

「ニ、ニコラあああぁ」

山賊が雄叫びをあげると同時に、ニコラの蹴りが金的に突き刺さる。激情した山賊は金的への警戒心を失っていたため、闘気で守ることもできずに、蹴りがそのまま直撃する。彼の潰された睾丸からは血が流れ、意識を失うまでに時間はかからなかった。

「アリスに解説しておくと、俺が罵倒を浴びせたことで、あいつは金的への警戒を解いただろう。相手の隙を作るにはこういうやり方もあるんだ」

とても三人の男を倒した後とは思えないほどに、ニコラは爽やかな笑顔を浮かべる。アリスは何とも言えない表情で、彼の笑顔に応えた。

◆

アリスがニコラの家（正確にはサテラの家だが）を訪れたのは、休日を利用し、修行するためであった。彼は彼女を屋敷の奥にある道場へと案内する。

道場は大きく二つの部屋に分かれていた。身体を動かすための広いスペースを確保してある稽古部屋と、道場の隅にある資料室だ。彼はまず資料室へとアリスを案内する。

「凄い量の書物ですね」

資料室の本棚はすべて埋まり、床にも本が積まれている。小さな図書館程のスペースを埋め尽くす本は、すべて読むのに数年は必要だ。

「俺の家系は代々武闘家でな。祖先たちが残してくれた大切な遺産だ。中には伝説の勇者ロイのパーティに所属していた武闘家コルンの秘伝書もある」

「コルン様といえば、私も子供の頃にお伽噺で耳にしました。先生のご先祖様だったのですね」

「俺の先祖も凄かったが、勇者ロイも凄かったそうだぞ。最強の力で魔王を倒したロイは、誰にも威張ることのない人格者だったそうだ。どこかの勇者にも見習わせてやりたいぜ」

「勇者様とご知り合いなのですね。さすがは先生です」

「あいつと知り合いで凄いだとぉ！　知り合いであることを恥じるレベルの最低のクズだったぞ」

「現在の勇者様は人格者というお話ですが……」

「あの男が人格者なら俺は聖人だ。なんたって俺はあいつに裏切られたあげく、背中から襲われて、身ぐるみまで剝がされたのだからな」

「それは変です」

「アリスが言いたいことは分かる。あいつは上辺だけ良い顔をするから評判は良いんだ」

「いえ私が言いたいのは評判の真偽ではありません」

「え？」

「今の勇者様は女性ですよ」

「嘘だろ……いやあり得るか」

　勇者とはサイゼ王国において最強の戦士の称号であり、年に一度行われる勇者選別大会によって選ばれる。勇者となれば魔王を倒すために必要な資金と装備が与えられ、さらにサイゼ王国全土から選りすぐったメンバーを仲間とすることができる。魔王討伐のためのサイゼ王国最大戦力、それこそが勇者なのだ。だからこそ年に一度の勇者選別大会で現行の勇者よりも強い戦士が現れれば、勇者の称号はより強い戦士のものとなる。

「先生はもしかして勇者パーティに所属していたことがあるのですか？」

「忘れたい過去だが、勇者ジェイの武闘家を務めていたな……」

「さすがは先生です！　勇者パーティに選ばれるには王国最高クラスの力を示す必要があると聞きますよ」

「ただ俺はコネ採用だからな。王国に選ばれたわけではなく、知り合いの魔法使いと女剣士に誘われて加入したんだ」

「知り合いの魔法使いと女剣士とは、もしや勇者パーティの一員、メアリー様とジェシカ様ですか！」

「知っているのか？」

「顔は存じ上げませんが、サイゼ王国一の魔法使いと剣士ですし、勇者パーティの一員でしたので誰もが知る名前ですよ」

「有名だったんだな、あいつら」

「あれ？　でも先生も勇者パーティに所属していたのですよね……」

「俺の名前は聞いたことがないか？」

「はい……いいえ、でも待ってください。確か勇者パーティに卑怯な戦術を好む武闘家さんがいたと耳にしたことがあります。あれはもしかして――」

「間違いなく俺のことだな」

「やっぱりそうなのですね！　でも先生の名前はどうして広がっていないのでしょうか？」

「ジェイのせいさ。あいつは外面を気にするから、卑怯者の俺の活躍が表に出ないように手をまわしていたのさ。結局、完全に情報を遮断することはできなくて、評判が落ちる前に、ジェイは俺を追放したんだがな」

「先生も色々と苦労されてきたのですね」

アリスは悲しげな表情を浮かべる。重たい空気が資料室に流れた。

「そういえばジェイは今どうしているんだ？」

「分かりません。ただ魔王との闘いで闘気の大半を奪われてしまい、ボロボロになったと聞きます」

「予想していた結末ではあるな……」

ニコラのいない勇者パーティでは魔王相手に戦力が不足することは目に見えていた。人を貶めることと逃げ足だけは速い勇者なら闘わずに逃げる可能性もあったが、仲間の前で無様な姿を晒せなかったのだろう。

「ジェイが生きていて良かった」

「追放されても、やはり仲間は仲間。心配だったのですね……」

「いいや。俺の手で復讐してやりたいと思っていたからな。勝手に死なれると困るんだ」

「……………」

必ず見つけ出して復讐すると誓った相手が生きていると知り、ニコラは拳を握りしめた。彼の怒りは一年以上経った今でも風化していなかった。

「ジェイの話はもういい。修行の話に戻そう。ここにある本がこれからアリスに学んで貰う格闘術だ。俺の教える技の三本柱の一つになっている」

「三本柱ですか」

「ああ」

三本柱の一つ目は相手を油断させ、必殺の金的や目潰しを放つ闘い方、二つ目は状況をコントロールし、自分に有利な展開へと持ち込む闘い方。そして三つ目がここに積まれた書物である。

「ここにある書物の中には古今東西の格闘術の書物がある。イーリスを投げた技や多種多様な打撃技に関節技。それらの格闘術からアリスに適した技を選択して教えていく。どうだ、強くなれる気がしてきただろう」

アリスがゴクリと息を呑む。ニコラの話を聞いて、強くなった自分が頭の中で思い浮かんでいた。

「この世界には体系的に教えられている格闘術は存在しない。だからたいていの武闘家は、ひたすら筋量と闘気量を増やす訓練を積み、戦闘は足を止めて、打ち合うだけ。アリスが闘うオークスも同じ戦法を取るだろう」

「だから私は格闘術を学び差別化するのですね」

「そうだ。闘気量や筋量が劣っていたとしても、立ち回りと格闘術さえあれば、十分勝機があると俺は考えている」

　さらに言うなら、相手がアリスを見下しているのも勝算の一つだ。必ず勝てると思っている相手に対策を考える者は少ない。逆にこちらは相手を調べる時間もやる気も十分にある。

「まずはアリスの素質を見る」

「素質ですか？」

「格闘術は多種多様だ。そのすべてを三カ月で学ぶのは不可能だ。だからアリスに向いている格闘術を集中して教える」

　格闘術は大きく分けて二種類ある。一つは打撃系、ストライカーと呼ばれる拳と蹴りでの攻撃を主体とする者たちだ。もう一つは組技系、グラップラーと呼ばれる投げ技や関節技を得意とする者たち。大別すると、この二種類があり、どちらに向いているか見分ける方法は多種あるが、最も簡単なのは身体的特徴から判定する方法だ。

「ストライカーは筋量よりもリーチが優先されるから高身長であればあるほど有利だ。グラップラーは掴(つか)みあった時のパワーが要求されるから筋肉質であればあるほど有利だ」

「つまり高身長で、筋肉質ならどちらの素養もあるということですね」

「だな。だが天は二物を簡単に与えない。身長はもちろん、体質によって筋肉が付きにくい場合もある。そんな時、どちらかが片方だけ優れているならどちらの道を進むべきかの指標になる」

「どっちも駄目だな」

「私の場合は……」

アリスは筋肉質でなければ、身長も高いとはいえない。身体的特徴だけで判断するなら、格闘に向いている体型ではなかった。

「やはり私は才能がないのでしょうか？」

「結論を急ぐな。体型以外にも素質を判断する方法はある。例えば性格だな」

「性格ですか？」

「グラップラーは気が強い性格であればあるほど有利だ。攻防の中で防御を優先しがちな組技では、頭の片隅で攻撃に移る隙を常に窺(うかが)っておかなければならないからだ」

「ストライカーはどうなのですか？」

「実は温厚で冷静な判断を下せるタイプの方が有利だ」

「温厚な方が有利なこともあるのですね」

「殴(なぐ)り合いの中で頭が熱くなると、どうしても防御が疎(おろそ)かになる。打撃系格闘術の場合は常に拳を顔の前で構える必要があるから、組技系以上に防御が疎かになりがちだ」

どんな状況でも常に防御を考える。これは気の強い性格な者ほど疎かになってしまう。

「私はどちらかといえばストライカー向きですかね？」

「間違いなくな」

ニコラは本棚から適当に何冊か本を掴んで渡す。その棚には格闘術に関する本をまとめていた。

「取りあえずこれを今日中に読んでおけ」

「分厚い本ですね。先生はこれをすべて読まれているのですか？」

「もちろんな」

「やはり先生は卑怯なだけではないのですね」

「ん……」

ニコラはアリスの言葉に引っかかりを覚え、自然と反応してしまう。

「アリス、まさかお前、俺のことを卑怯なだけの奴だと思っていたのか？」

「いいえ、まさか。先生は凄い人です」

「本当に俺が強いと信じているか？」

「はい」

アリスの爽やかな返事にもニコラは納得できない表情を浮かべる。

「予定変更だ。その本は午前中に読んでおけ。観戦するのも知識があった方が理解できるからな」

「観戦ですか……午後から何かされるのですか？」

「俺が卑怯な技を使わなくとも強いということを証明してやるよ」

◆

午前の勉強を終え、昼食を摂り終えたニコラとアリスは首都シャノアの繁華街を歩いていた。目抜き通りには物売りと観光客が溢れて混雑している。

「今日は随分と人が多いな」

「それはきっと勇者様が来ているからですよ」

「例の女勇者か」

「はい。サイゼ王国との友好を兼ねての訪問らしいのですが、勇者様は首都シャノアでも人気がありますからね」

「勇者だからな。人気があるのも当然か」

ニコラは自分を裏切ったジェイが魔法使いのメアリーと女剣士のジェシカ、二人から愛されていたことや、訪れる街々で黄色い声が尽きなかったことを思い出す。外見が人並み以上であれば、人気は止まることを知らないだろう。

「先生、賭博場が見えてきましたよ」

「やっと着いたな」

目抜き通りを抜けた先には首都シャノアで最も大きな賭博場があった。大理石でできた建物の中は赤絨毯が敷かれ、室内全体を装飾品の煌びやかな光で照らしていた。

「よう、支配人」

「これはニコラ様」

支配人と呼ばれた老人が、蓄えた白髭に触れながら、ニコラの姿を認める。背後に隠れるように立つアリスにも気がついたのか彼は眼を細めた。

「こちらは……アリス様ですね」

「どこかでお会いしたことが……」

「いえ、アリス様は有名ですから。本日はなぜニコラ様とご一緒に？」

「俺の弟子にしたのさ」

「ほぉ……なるほど。ニコラ様のお弟子様ですか。それならさぞかしお強いのでしょうね」

「いいや。まだまだヒヨッコだ。そんなヒヨッコに俺がどれほど強いのかを見せてやろうと思ってな」

「そうでしたか。では本日の目的は――」

「賭け試合に出場させろ」

賭博場の中で最も人気なのが、強者同士を闘わせ、どちらが勝利するかを予想する遊戯であった。動く金も莫大なため、生半可な実力では参加すら許されないが、支配人はニコラの実力を知っていた。

「ニコラ様なら大歓迎です」

「そうこなくっちゃな。ただ相手は可能な限り強い奴にしてくれよ」

「その点は心配無用です。強すぎるが故にマッチメイクできない選手がいるのです」

「それは楽しみだ。試合はハンデ戦でもいいぞ」

ハンデ戦とは一方が強すぎるが故に賭けが成立しない場合、片腕の使用を禁じたり、闘気を制限する指輪を嵌めたりすることで、弱体化させて闘う試合のことである。この試合形式だとハンデを受ける選手に利点はないように思えるが、勝利報酬をいつも以上に貰えるため、好んでハンデ戦を望む者もいた。

「ではハンデ戦でお受けしましょう。対戦相手ですが……」

「対戦相手の情報はいらない。今日はいつもの闘い方をしないつもりだからな」

卑怯な手段なしで勝利するのが目的の闘いで、相手の隙を衝くような闘い方は使うべきでないと判断したニコラは支配人の情報提供を断った。

「では闘気量を三分の一に制限する指輪です。これを嵌めて闘ってください」

「ああ」

　ニコラは制限の指輪を嵌めると、闘いの舞台へと移動するための魔方陣に案内される。淡い光を放つ五芒星（ごぼうせい）が大理石の床に刻まれていた。

「アリスも連れて行くが構わないよな」

「……手助けすれば即失格ですよ」

「アリスの手助けは足手まといになるだけだ。そんな心配は無用だ」

「……分かりました。今回は特別に許可しましょう」

「ありがとう」

「ではご武運を」

　アリスもニコラに寄り添うように魔方陣の上に乗る。淡い光に包まれて二人は別の空間へと転移した。見送った支配人は傍にいた若い従業員に声を掛ける。

「そこのあなた」

「はい、なんでしょう」

「この金貨一〇〇枚をニコラ様に賭けてきてください」

「支配人、よろしいのですか。相手はあの人ですよ」

「構いません。だからこそ大穴なのです。私はニコラ様が勝利すると確信していますから」

　若い従業員は納得しない表情のまま金貨を受け取る。対照的に支配人は口元に笑みを貼り付けていた。

◆

魔方陣で送られた場所は草一つない荒野だった。風や雨に浸食されて赤土色に染まった大地は生者の気配を感じさせない。そんな場所にポツリと立つ一人の少女の姿があった。

荒廃した大地にあまりに不自然な桃色の美しい髪、色素の薄い桃色の瞳がニコラを蛇のように睨んでいた。

「私の対戦相手はあなた、それとも後ろの女の子？」

「俺が対戦相手だ」

「ふーん。まぁ誰が相手でも良いけど。せめて一分は頑張ってね」

「……こちらの台詞だ」

にらみ合う二人の間に火花が散り、一触即発の空気が生まれていく。

「あんた、その白銀の鎧から推察するに高位の冒険者か？」

白銀の鎧はミスリル銀で鋳造された高級品で、並みの冒険者では手に入れるどころか、目にすることすらできない代物だ。

「あなた、私のこと知らないの？」

「ん？　俺たち初対面だろ。それよりも質問に答えろ。あんたは高位の冒険者なのか？」

「昔は冒険者をしていたこともあるわね」

「聞いたかアリス。こいつは元だが高位の冒険者だ。そんな相手に俺が余裕で勝利する。そうすれば如何(いか)に俺が強い男なのか理解できるだろ」

　ニコラは挑発するような微笑を浮かべながら、人差し指を一本だけ立てた。

「指一本だ。指一本で勝利してやる」

「ふ、ふざけないで！」

「ふざけてないさ。なんならもっとハンデをやってもいいくらいだ」

　ニコラの挑発が我慢できなかったのか、白銀の騎士が全身から闘気を放ち、ニコラへと接近する。音速を超えた空気を裂く音が響く。普通の人間なら消えたようにさえ見える動きを、彼の目はしっかりと捉えていた。

「終わりよ！」

　白銀の騎士は必殺の剣戟(けんげき)を放つが、ニコラは紙一重(かみひとえ)で見切って躱(かわ)す。一太刀(ひとたち)、二太刀と斬(き)りつけるたびに速さが増すが、そのどれもがひらりひらりと躱される。

「ありえない。どうして躱されるの！」

「俺の方が強いからだろう」

　今度はニコラが人差し指に闘気を集めて、白銀の騎士のデコを押す。ただそれだけで彼女の身体(からだ)は吹き飛び、赤茶色の荒野を転がった。

「どうだ、アリス。俺の強さは理解できたか？」

「はい。やはり先生は卑怯な手段を使わなくても強いのですね」

「当然だ。だがお前はこんなことしちゃ駄目だぞ。俺とこいつの実力差に壁があるからこそできる闘い方だからな」

「わ、私が負ける……私が弱い……この私が……っ」

　立ち上がった白銀の騎士は必死に言葉を紡ぎ出す。悔しさで歯を食いしばっているせいか、口の端から血が流れ出ていた。

「私は弱くなんかない！」

「指一本の相手に負けるのにか」

「くっ〰」

「悪い。悪い。あんたは弱くないよ。昔の俺なら負けていたかもしれない。それに山賊よりは遥かに強いのだから元気出せ」

「先生、フォローになっていませんよ」

「そのようだな」

　白銀の騎士は怒りで顔を真っ赤に染めながら、体中から闘気を放つ。今にでも叫び出しそうな怒り様だ。

「すまんな、次からはきちんと闘ってやるから。ほら、おいで」

「ば、馬鹿にするなぁ！」

白銀の騎士が再び駆け、その勢いのままに地を這う剣を振り上げた。だが剣は呆気なく躱された、ニコラの軽いビンタが少女の頬で炸裂する。吹き飛ばされた彼女は地面を転がり、全身を土色に染めていく。整った容姿も台無しになっていた。

「アリス、こいつが駄目な見本を見せてくれたから解説しておく。下から剣を這わせて振り上げる動きを拳で再現すると、アッパーという技になるが、これは単独で使う技ではない。コンビネーションの中でこそ威力を発揮する技だ」

「コンビネーションですか？」

「アッパーは動きが大きいから敵に攻撃を読まれやすい。だから普通は軽い連打の中に組み込むんだ。そうすると動きを読まれても躱せないからな」

「はい、先生」

「しっかり勉強しろよ。でないとこいつみたいに躱されて痛い目にあうからな」

「ううっ……」

白銀の騎士はボロボロになりながら剣を支えに立ち上がる。瞳からは涙が溢れ、乾いた大地を濡らしていた。

「なにも泣くことないだろう」

「わ、私の双肩には人類の命運がかかっている。だから私は誰にも負けるわけにはいかないの」

「人類の命運とは随分と壮大だなぁ。現実を見た方がいいぞ」

「あ、あなたは！　あなたは！」

「あ～あ、退屈な闘いだったな」

ニコラは欠伸を漏らしながら、白銀の騎士へと近づく。傷を負ったせいか、彼女はニコラを睨むことしかできない。

「最後に組技系の技を教えておく」

「組技系といえば、イーリスを投げたような技ですか？」

「察しが良いな。投げ技以外にも関節技や絞め技などもある。まずは簡単な絞め技でこいつを失神させるからよく見ていろ」

白銀の騎士の首に腕を滑り込ませる。両手をクロスするように頸動脈を閉じていくと、彼女の意識は次第に薄れ、そのまま失神した。

「他にも色々技があるのだが、それはまた今度教えてやるよ」

「はい、先生」

このときのニコラは相手が弱かっただけだと勘違いし、勝利に微塵の喜びも感じていなかった。しかし彼はまだ気づいていない。自分が世界最強の力を保持しているということに。

◆

「試合がようやく終わったようですな」

　ゆったりとした短いマントを羽織る青年が支配人の老人と肩を並べて、記録した映像を映し出すことができる水晶を眺めていた。水晶は離れた場所の映像を記録し、再生することができる魔導具だ。観客たちも食い入るように水晶を見つめ、映像の再生を心待ちにしていた。

「本当はリアルタイムで配信できるとよかったのですが……」

「リアルタイム型の水晶は記録型の水晶と比べて設備投資費用が必要ですから。仕方ありませんよ」

「しかしおかげさまで今回の賭け金は過去最高額となりました。これだけの収益があればリアルタイム型の導入も現実味を帯びてきました。これもすべて――」

「我らが勇者様のおかげですな」

　マントを羽織る青年はサイゼ王国の貴族だった。シャノア共和国との友好の証として、勇者を訪問させたのだが、それだけでは勿体ないと、勇者という戦力をアピールするために賭博場の試合に出場させたのだ。

「それにしても対戦相手は随分と阿呆な男ですな」

「というと?」

「勇者様相手にハンデ戦を挑んだのでしょう。知らぬというのは恐ろしいことです」

貴族の青年はミスリル製の白銀の鎧を身に纏った女勇者を思い出す。彼女の実力は歴代最強の勇者ロイに匹敵するとまでいわれ、まさしく人類最後の希望であり、サイゼ王国が保有する最高戦力であった。

「それにしてもあまりの戦力差に賭けが成立しなかったのでは?」

「いえいえ、勝負は時の運といいますし、勇者様の配当は小さいですから。一部の物好きがニコラ様に賭けているそうですよ」

かくいう支配人もそんな物好きの一人だ。ただし彼の場合は遊びではなく、ニコラの勝利を信じて賭けているのだが。

「さて、試合の映像を確認しましょうか。観客たちも楽しみにしているでしょうから」

支配人が映像を再生する。水晶に映し出された白銀の騎士は全身から闘気を放ち、高速で移動を開始する。目にも留まらぬ動きに観客が歓声を上げる。

「皆が驚くのも無理はない。なにせ勇者様なのだ。これほどの強き人間を見たのならば――」

「見てみろよ!　勇者様が!」

観客の誰かがそう口にした瞬間、支配人はこみ上げる笑いを堪えた。水晶にはニコラが人を超越した動きで剣戟を躱し、指一本で白銀の騎士を吹き飛ばす光景が映し出されていたのだ。

皆が歓声をあげる。

「こんな男がいるなんて！」「勇者様がまるで子供扱いだ！」

信じられない光景を目にして貴族の青年は言葉を失っていた。サイゼ王国の最高戦力がハンデありでも手も足もでないのだ。

「あの男はいったい何者なのですか？」

「ただの闘技者でしょう」

「勇者様に勝てる闘技者などいてたまるか！」

貴族の青年は叫び声をあげながらも、冷静な頭で自分がどうすべきかを考えた。そしてすぐに結論を出す。あの男をサイゼ王国に取り込むべきだと。幸いにも相手は人間。金を積めばサイゼ王国で働かせ、次の勇者とすることも不可能ではない。

「新たな勇者様を発掘した男か。悪くない」

貴族の青年は本国に報告するため賭博場を後にする。世界がニコラを働かせようと動き始めたのだった。

幕間　勇者パーティたちの現状

I stopped working because I was expelled from the brave party who denounced me as a coward

勇者敗れる。しかも相手はシャノア共和国の武闘家である。このセンセーショナルなニュースはすぐにサイゼ王国全土に広がった。

広がり方が著(いちじる)しく早かったのは、自国の最高戦力が他国の武闘家に敗れたことに対する不安からだ。勇者を倒した男が人間なのか、それとも魔人なのか。そしてサイゼ王国に敵対する存在なのか。皆が身の振り方を決めるために、情報を掻(か)き集め、拡散したのだ。

そんな情報が首都であるサイゼタウンの酒場で話題にあがるのは当然のこと。冒険者たちは勇者を倒した男について葡萄酒(ぶどうしゅ)片手に話し合っていた。

「おい、元勇者」

禿頭(とくとう)の冒険者が人相の悪い金髪金眼の青年に話しかける。甲冑(かっちゅう)まで金の派手な青年は、元勇者と呼ばれたことに苛立(いらだ)ったのか、嫌悪に満ちた表情を浮かべる。

「……元勇者と呼ぶな」

「悪かったな、ジェイ。酒でも飲んで機嫌を直せよ」

ジェイは禿頭の冒険者から葡萄酒を譲(ゆず)られ、不貞不貞(ふてぶて)しい顔で酒を飲み干す。

「良い飲みっぷりだ。冒険者はそうでないとな」

「俺は冒険者ではない。勇者だ」

「はいはい、自称するなら何とでも言える」

ジェイは国から選ばれた勇者として魔王領で魔人たちと闘い、勝利を積み重ねてきた。だがある日、調子に乗っていた彼は、自分以外の男が勇者パーティにいることが煩(わずら)わしくなり、仲間の武闘家ニコラを追い出した。

それから勇者パーティは上手(うま)く機能しなくなった。以前はニコラの手段を選ばない卑怯な戦術で確実に勝利をもぎ取ってきたが、正々堂々闘うようになり、パーティの消耗(しょうもう)が激しくなったからだ。

ついには魔王に闘気を奪われたジェイは勇者としての力を失い、称号まで剝奪(はくだつ)され、今では酒場で昼間から飲んだくれている冒険者の仲間入りだ。

「せめてメアリーとジェシカがいれば……」

勇者パーティ時代、魔法使いメアリーと女剣士ジェシカはジェイと恋仲の関係だった。正確には二人がジェイに一方的に惚(ほ)れており、ジェイが上手く利用している形だった。

二人はジェイに好かれるためなら何でも言うことを聞く便利な駒(こま)だった。ニコラを追放するときも、二人はジェイのために長年連れ添ったパーティの仲間を裏切ってくれた。

しかし二人はジェイから離れてしまった。理由は幾つかあるが、彼が二人以外の女性に浮気したことと、闘気を奪われ異性に対する魅力を失ったことが大きな原因だ。

この世界では強さこそがすべてだ。勇者としての膨大な闘気を放つだけで、ジェイは女性に困ったことがなかった。だが力を失った今の彼は、魅力もなく、金もなく、仲間もいない。一人ではたいした戦果をあげることもできないため、冒険者として日銭を稼いで暮らすことしかできなかった。

「そういやジェイ、聞いたか。本物の勇者様が負けたらしいぜ」

「……嘘だろ。今の勇者は魔人一〇〇人を無傷で倒すような化け物だぞ。あいつに勝てる奴なんて魔王くらいのものだろう」

「それが聞いて驚け。倒したのは人間の武闘家だそうだ」

「武闘家……」

武闘家と聞き、ジェイはニコラの顔を思い浮かべた。勝利のためなら手段を選ばない彼ならばあるいはと、ジェイはゴクリと息を吞む。

「その武闘家は卑怯な手段を使ったか？　相手が油断しているところに目つぶし、金的を打つような奴か？」

「いいや。何とその武闘家は指一本で勇者様をあしらったそうだ」

「指一本……なら奴ではないか……」

「その武闘家と知り合いなのか？」

「その武闘家は指一本で勝利したんだろう。ならニコラでは——」

「いや間違いない。武闘家はニコラという名前だ！　さすがは元勇者。凄い人脈だな！」

ジェイは元勇者と呼ばれたことに怒りを感じることができないほどに驚いていた。ニコラは確かに卑怯な手段を使わなくとも強い男であった。だが勇者を指一本で倒せるような化け物ではなかった。

「勇者パーティを追放してから強くなったのか……いや、それよりも——」

ジェイはこれがチャンスだと確信した。女勇者を指一本で倒せる武闘家が再びパーティに加入すれば、自分が勇者に返り咲くことも不可能ではない。

「やはり俺は幸運の女神に愛された勇者だぜ。待ってろ、親友！」

ジェイは酒場を後にし、シャノア共和国を目指す。かつての仲間と再び勇者パーティを結成するために。

◆

勇者敗れる。この情報は魔王領にも拡散されることになる。それも当然でサイゼ王国との戦争で最大の障害と目されていた女勇者が敗北したというニュースは、魔王軍の戦意昂揚に繋がるからだ。

だが一方で勇者を倒したのが人間の武闘家だという話も広まっていた。あれほど脅威に感じていた勇者を指一本であしらった男。どんな男なのかと、魔人たちの間で話題は尽きなかった。

「メアリー、同じ人間としてどう思う？」

全身が筋肉の塊というべきサイクロプスの男が、足下の女中に話しかける。黒と白のエプロンドレスを身に纏った女中は、サイクロプスの世話係を任されていた。鮮やかな空色の髪とは対照的に、翡翠色の瞳は生気を失い、黙々と屋敷の掃除を続けていた。

「わ、私のような愚鈍で下劣なゴミ以下の存在が意見するなど、恐れ多くてとてもとても」

「ふっ、哀れな者だな。かつては勇者パーティの一員として我が魔王軍の幹部を何人も殺した魔法使いとは到底思えん」

「え、えへへへっ、わ、私が間違っていたんです。魔王軍の方々に勝てるはずもないのに、下等種族の私たち人間が調子に乗ってしまいました」

メアリーはジェイの浮気をきっかけに勇者パーティを離れ、サイゼ王国へ帰還する道中で魔王軍の幹部に捕まり、捕虜となってしまった。最初こそは抵抗したが、牙を折るための折檻に耐えきれず、今では従順な捕虜として魔王軍に尽くしていた。

「そういえば女勇者を倒したのは武闘家だそうだ。確か名前はニコラといったか……」

「ニコラ……師匠……」

メアリーはニコラという名前を聞き、瞳に生気を取り戻す。そして気づくと目尻には涙が浮かんでいた。

勇者パーティにいた頃のメアリーは、ニコラの卑怯な戦術を理解できず軽蔑さえしていた。対照的に神話の英雄のように正面からぶつかっていく勇者ジェイに憧れと恋心を抱いていた。だが冷静になった今だからこそ分かる。ジェイは勇敢なのではなく、ただ動物のように無思慮な行動をしていただけなのだと。その証拠に彼はメアリーとジェシカという恋人がいながら、両手で数えきれないほどの愛人を抱え、最後には浮気が露呈して、すべてを失った。これは彼が獣のように何も考えずに色欲を求めた結果だった。

戦争はお遊びではない。捕まれば死ぬ方がマシという処遇に堕とされるのだ。魔王軍から折檻を受けた今のメアリーならニコラの教えを理解できる。万全の手段を用いて、どんな卑劣な手段を用いても勝利をもぎ取る。それが魔王領との戦争という過酷な環境で生き残っていく術だったのだ。

「でも師匠……生きていて良かった……」

メアリーは勇者パーティからニコラを追放する際に、背後から攻撃を浴びせた。当時のメアリーは卑怯者に罰を与えられたと達成感すら感じていたが、今の彼女に残っているのは裏切ったことに対する自責の念だけ。ニコラを殺してしまったのではという不安が、彼女の心を苦しめ続けていた。

「謝りたい……師匠に謝りたい……」

メアリーが魔王軍で捕虜としての扱いを受けながらも自分で命を絶たなかったのは、もしニコラが生きているのなら、彼にどうしても謝罪したかったからだ。

思い返せば、ニコラは優しい男だった。半人前だった頃からメアリーの世話を焼き、その卑劣な戦術で外敵から身を守ってくれた。さらに彼女が病気で寝込んだ時などは朝まで看病をしてくれ、本当の娘のように可愛(かわい)がってくれた。それなのに彼の優しさに気づかず、そのお節介(せっかい)な性格をベタベタと煩わしいとさえ感じていた。

恩を仇(あだ)で返してしまった。裏切りの罪悪感が日々彼女を痛めつけていた。

「一度で良い……師匠の顔が見たい……」

「会ってみるか?」

「え?」

「勇者を倒した武闘家はシャノア共和国に所属している。つまり人間でありながら、魔人と人間が共存する世界で生きているのだ。莫大(ばくだい)な金を払えば、我が魔王軍に取り込むことも不可能ではない」

「もしかして……」

「ニコラという男。顔見知りなのだろう。魔王軍にスカウトしてくるのだ。そうすればお前を捕虜から解放し、ニコラという男と共に魔王領の侯爵の称号を褒美(ほうび)としてやろう」

「侯爵……」

　魔王領で侯爵の地位が与えられれば、幹部として多くの部下と領地を与えられる。その権力はサイゼ王国内の大貴族以上だともいわれていた。

「そうそう、メアリー。お前には呪いを掛けてある。もし逃げようとすれば死ぬことになるからな」

「…………」

「見事ニコラを連れ帰り、二人で幸せに暮らせ。やってくれるな?」

「はい」

　メアリーは提案を受け入れ、シャノア共和国を目指す。かつての師匠と呼んだ男を魔王軍の幹部とするために。

◆

「囚人番号一六、面会だ!」

　シャノア共和国と魔王領の国境沿いに設置された罪人を捕らえるための収容所で、一人の女性が看守に呼び出される。

　その女性はかつてサイゼ王国一の剣士とまでいわれ、赤髪の乙女(おとめ)のジェシカといえば誰もが知る名前だった。だがそれも過去の栄光。今の彼女は汚れた赤い髪と生気のない瞳、まるで死人のような佇まいをしており、一見しただけでは彼女を知るものでも気づくことはできないだろう。

「私に面会したい奴とはいったい誰なのだ？」

「我が国の将軍様だ」

「将軍がいったい何の用事で……」

「私は聞いていない。面会室で本人に直接聞くのだな」

案内された面会室は、収容所の中でも賓客が訪れた時にだけ使用している部屋だった。赤い絨毯を踏みつけて部屋の中に入ると、蒼の革鎧姿で、勲章を胸で輝かせる男が立っていた。

「私はシャノア共和国の将軍の一人、ライズウッドという者だ。君は元勇者パーティの一人ジエシカだね」

「はい」

ジェシカが収容所に罪人として捕らえられているのには理由があった。彼女はジェイの浮気をきっかけに勇者パーティを離れ、サイゼ王国へと戻る道中、魔人を見かけて斬りかかったのだ。だが彼女が襲ったのは戦争をしている魔王領の魔人ではなく、サイゼ王国と友好関係を結んでいるシャノア共和国の魔人だった。

ジェシカは気づかない内に魔王領の国境を越えてしまい、シャノア共和国の領内にいると知らなかったと弁明したが、サイゼ王国としても彼女一人のために友好関係を崩すことはできず、ジェシカに出頭を命じたのだ。

「私も忙しい身でね。さっそく本題に入ろう。君はニコラという人物を知っているか？」

「ニコラ……」

　卑怯者として勇者パーティから追い出した幼馴染みの男の名に、ジェシカは胸を痛める。当時のジェシカは勇者であるジェイのことを崇拝していた。莫大な闘気と身体能力を駆使して、人類の敵である魔人を切り伏せていく。その鮮烈な強さにジェシカは夢中になった。彼の頼みならどんなことでも叶えてやりたいとまで考えていた。

　だがジェイは魔王に敗れ弱体化し、魅力を失ってしまった。さらに彼はメアリーだけでなく、数十人の女性と関係を持っていた。これではただの魅力のない浮気性のクズである。ジェシカはすぐに愛想を尽かした。

　ジェイと離れ、彼に対する信仰心を失うと、ジェシカはニコラを追放したことが間違いだったと後悔するようになった。彼の戦術は確かに卑怯だったが、生き残るために必要なことをしただけで、決して裏切って良い理由にはならないと今更ながらに気づいたのだ。

「ニコラがどうかしたのですか？」

「知っているのだな！」

「はい。ニコラは私の幼馴染みで、子供の頃は一緒に遊んでいましたから」

ジェシカの母はニコラの家で召し使いとして雇われていた。そのため年の近いニコラとジェシカは共に遊ぶことも多く、子供の頃は兄や弟のようにさえ感じていた。

「君の幼馴染みのニコラという男について我々は調査していてね」

「……あいつ、何か罪でも犯したのですか？」

「いいや。ニコラは勇者を倒したのだ」

「ゆ、勇者をですか！」

「しかも指一本で、軽くあしらったそうだ」

ジェシカは現在の女勇者が歴代最強の実力者だと噂されていることを知っていた。そんな女勇者を指一本で倒す。勇者パーティに所属していた頃のニコラであれば不可能なことであった。

「勇者を倒した男、ニコラについて我々は調査をした。すると山賊を狩ることで金を奪っていたことが判明した」

「あいつらしいですね」

「ニコラはその金の一部をある家に送っていたのだ。そしてその家がジェシカ、君の実家だ」

「え？」

「君の実家は職を失った貧しい母親と妹の二人暮らしだ。君が捕まるまでは君の給金でやってこられたのだろうが、その金がなくなれば収入はゼロだ。ニコラが金を送るまでは食べていくことすら苦労していたようだよ」

「う、嘘……」

「本当だ。だからこそ金の流れを遡り、私が君と面会しているのだ」

ジェシカの手は震え、目尻には涙も浮かんでいた。ニコラはジェシカのことを恨んでいるだろう。だが彼は妙に義理堅く、境界線がしっかりとした男だ。裏切った張本人のジェシカを許すことはないだろうが、その家族は別だと考え、生きるための金を施してくれたのだ。

「もしニコラに会うことがあれば、私が謝っていたと伝えてください」

「断る。謝るなら君が直接頭を下げるべきだ」

「それはそうなのでしょうが、私は囚われの身です」

「分かっているとも。だから君にチャンスをやろう」

「チャンスですか?」

「我が国はニコラを味方にしたいのだ」

「味方にというと。あいつを軍に所属させたいと?」

「そうなれば最良だが、シャノア共和国にいてくれるだけでも良い。とにかく我が国は戦力が欲しいのだ」

「戦力ならば軍隊が――」

「軍隊か。それがいったい何の役に立つ。卓越した個人が指揮官を倒して回るだけで軍隊は瓦解するのだぞ」

　個人の武力に差がない状態なら軍隊の意味は大きい。だが個人の力があまりに強大すぎる場合、数で押す戦術は体力こそ削れても倒すまでには至らない。闘気で身体を強化した人間を倒すには同レベルの実力が必要だからだ。

「魔王領には魔王が、サイゼ王国には勇者がいる。だが我がシャノア共和国には卓越した個人がいない。もし戦争になれば魔王か勇者、そのどちらかがシャノア城に乗り込んでくるだけで、我が国は敗北する」

「ですがシャノア共和国は魔王領とサイゼ王国、そのどちらとも友好的な関係を……」

「それは両国が戦争状態にあるからだ。戦争が終結してみろ。すぐにこちらに侵攻してくるぞ」

　同時に二カ国を相手するのは軍事学的に褒められた行動ではない。だからこそ現状の平和があるだけなのだと、将軍は続ける。

「とにかく抑止力が欲しいのだ。我が国も魔王や勇者に相当する戦力がいるのだと知れば、敵は簡単に手出しできなくなる」

「つまり平和のためにニコラが必要だと」

「その通りだ。そして君にはニコラを懐柔するための協力をしてもらう」

「…………」

「協力してくれるのであれば、牢から出そう。そして成功の暁には莫大な富を約束しよう。もちろん君とニコラ、どちらにもだ」

ジェシカはどうすべきかを逡巡する。その迷いは莫大な富を得られるかどうかではなく、ニコラにとってどちらが最良であるかを考えるが故に生まれたものであった。

「受けます。きっとニコラにとっても平和な生活の方が良いでしょうから」

「おお！　助かるよ！」

「手始めにニコラをこの国に留めたいのなら、勇者を倒した話に箝口令を敷くべきです。あいつは目立つのを嫌がりますから」

「すぐに対処しよう」

「次に私をあいつのところに送ってください。必ず説得してみせます」

「期待している」

ジェシカはニコラを説得するため収容所を後にする。彼女は平和のため、ニコラをシャノア共和国の味方に付けることを心に誓うのであった。

アリスとの修行を開始し、二カ月が経過した。格闘術の基本を一通り習得したアリスは、微(かす)かだが自信が表情に滲(にじ)むようになっていた。

「そろそろ修行を第二段階に移すか……」

「第二段階ですか？」

「アリスは格闘術を学んでいるが、それはあくまで練習でだ。実際にその技を人に向けるとなると勝手が異なる。そこで実戦経験を積んでもらう」

「私に人が殴(なぐ)れるのでしょうか？」

アリスは以前山賊たちを殴れなかったことを思い出し、不安げに訊ねる。

「最初は難しいだろう。だからまずはダンジョンへ行き、モンスター相手に技を試してもらう」

「ダンジョンは冒険者でないと挑戦できないと聞きますが」

「俺が代理で冒険者登録しておいてやったぞ」

「代理で登録ができるのですね！」

「普通は無理だし、以前の俺なら門前払いだろうな。シャノア共和国の冒険者組合が異常とも言えるほどに親切なのと、教師になったおかげで信頼を得られたのが功を奏したのかもな」

真実は女勇者を倒したニコラをシャノア共和国に留めようとする懐柔策の一環だったが、彼はそのことに気づかず、自信に満ちた表情を浮かべた。

「ダンジョンがどういうものかは知っているな？」

「教科書に書いてあることでしたら」

「なら十分だ」

ダンジョン。世界の各地に存在し、自然発生するモンスターと、モンスターが守る秘宝の眠る不思議な場所だ。この世界では多くの冒険者が秘宝を求めて、ダンジョンを探索していた。

ダンジョンの種類は数多くあり、様々なモンスターが出現するノーマルダンジョンから、特定のモンスターしか出現しない専用ダンジョン、他にはダンジョン内部が毒で汚染されており、毒に耐性のあるモンスターしか出現しないような特殊ダンジョンも存在する。

そんな数あるダンジョンの中でもニコラたちが向かうのは、ガイコツ兵士という骨のモンスターだけが生まれる専用ダンジョンだった。

「ここだな」

目的地のダンジョンはニコラの屋敷から数キロほど歩いた先にある山間に位置していた。人の姿は見当たらないし、人の気配を感じさせるモノも存在しない。

「こんな場所にダンジョンがあるのですね。でも近くに冒険者の人たちがいませんね」

「私有地だからな」

このダンジョンはサテラの所有物であった。通常ならダンジョンは一般に公開し、挑戦する冒険者たちから参加料を徴収するのだが、このダンジョンはあくまで修行の場としてニコラが私的に利用していた。

「私、ダンジョンに挑戦するの初めてです」

「そう緊張しなくても大丈夫だ。このダンジョンは一通り制覇してあるから、俺の庭のようなものだし、このダンジョンはランクEの初心者向けだ」

「ランクEですか……」

「一般人に毛の生えたレベルでも攻略可能ということだ。つまり格闘術の基礎を学んだアリスなら遅れを取ることはない」

「そうですか。なんだか安心しました」

ほっと一息を吐いたアリスと共に、ダンジョンの入り口を目指す。入り口は洞窟のようになっており、先へ進んでいくと、下へ降りるための階段があった。

「降りるぞ」

「はいっ」

アリスと共にダンジョンの地下一階層へと下ると、土埃の舞う通路が待っていた。道は明るく照らされ、視界は良好である。

「ダンジョンが明るいとは聞いていましたが、本当なのですね」

「何が光源になっているかは明らかにされていないがな」

きっとモンスターも暗いのが怖いのだろうと、ニコラが続けると、アリスはクスリと笑った。

「さっそく現れたな」

ダンジョンを進むと、二足歩行するガイコツが姿を現した。武器を何も持っていないが、全身を闘気が纏っていた。

「モンスターも闘気を使うのですね」

「使わないタイプもいるがな。人型はたいてい闘気使いだ……見る限り、闘気量はアリスと互角だな。良い機会だし、闘ってみろ」

「私で勝てるでしょうか？」

「勝てるさ。ガイコツ兵士は単調な動きしかしてこないから、油断しなければ攻撃が当たることはない。それに何より、逃げていては何も始まらない」

アリスはニコラの言葉に頷くと、ガイコツ兵士へと走り出した。ガイコツ兵士は接近するアリスを迎撃しようと拳を前に突き出すが、その速度は遅く、避けるのは容易だ。難なく懐に入ったアリスは、左右の連打を放ち、ガイコツ兵士のあばらと顎の骨を砕いた。とどめとばかりに、左の蹴りをガイコツ兵士に食らわせると、衝撃で地面を転がった後、動かなくなった。

「躊躇なく殴れるじゃないか」

「えへへ、ガイコツ兵士さんを先生だと思うことにしたんです。そしたら思いっきり殴ることができました！」

「さらっと怖いこと言うなぁ。だが理由が何であれ、殴ることに躊躇しないのは良いことだ」

「さぁ、次へ行きましょう！」

アリスを先頭にダンジョンを進んでいく。現れるガイコツ兵士は、彼女の拳に沈んでいく。

「せ、先生、驚くべきことが起きました！」

「なんだ？」

「私の闘気量が増えています！」

アリスの身体を覆う闘気量が、ダンジョンに入る前より微弱だが増えている。そのことを気づいていたのか、ニコラは当然だといわんばかりの表情を浮かべる。

「モンスターを倒すと闘気量が増えるんだ。知らなかったのか？」

「そ、そんな裏技が！」

「裏技でもなんでもない。冒険者の間では常識だ。それに普通の奴なら座禅のような闘気を増やす訓練をした方が、モンスターを倒すよりも闘気増加量は多いからな。アリスは闘気を増やす才能がないから、モンスターを倒す方が早いかもしれんが」

「面と向かって才能がないと告げられるとショックですが、才能のなさは努力でカバーします。早く下の階層に行きましょう！」

闘気量を増やせると知ったことが余程嬉しかったのか、アリスは意気揚々とダンジョンを進んでいく。地下二階層、三階層と、下の階層へと降りていくが、彼女は苦戦すらせず、ガイコツ兵士たちを倒していく。その歩みには淀みがなかった。

「ここが最終階層だ」

「思ったよりも簡単でしたね」

「そう思えるのは、アリスが強くなっているからだ。それに最終階層からはアイツがでてくるからな。これからはアリスも油断できないぞ」

「アイツって誰のことですか？」

「ガイコツ隊長というモンスターだ。ガイコツ兵士の三倍の闘気量を持っている」

「三倍ですか……」

「ちなみにだが、来月闘うオークスは、ガイコツ隊長の約一〇倍だ」

「つまりガイコツ隊長相手に苦戦するようでは、武闘会での勝機はないということですね」

「そういうことだ」

アリスは息を呑み、緊張しながらもダンジョン内部を探索していく。すると今までとは風貌の違うモンスターの姿があった。ガイコツが二足歩行で歩いているのは変わらずだが、頭に王冠を載せ、背中には赤いマントを羽織っている。

「先生、あれがガイコツ隊長さんですね」

「いや、あいつはガイコツ隊長ではない。しかしなぜあいつがここにいるんだ？　可能性としては進化くらいのものだが」

ニコラが一人呟いていると内容が理解できないのか、アリスは怪訝な表情を浮かべる。

「あいつはガイコツ将軍といって、ガイコツ隊長の上位モンスターだ。そして本来ならDランク以上のダンジョンにしか現れない」

「その理由が進化ですか？」

「ああ。モンスターを倒した時、闘気量が増えただろ。あれはモンスターの同士討ちでも適用されるんだ。そして一定以上の闘気量を得たモンスターは上位モンスターへと進化する」

「なるほど」

「ただ進化は滅多なことでは起こらない。モンスターを倒して奪える闘気量は僅かだし、周りは同レベルのモンスターばかりで、そいつらに勝ち続けるのは難しいからな」

「今回は奇跡が起きたということですね」

「もしくは誰かが人為的に進化させたかだ」

一匹を除いた他のモンスターを人が弱らせることで、間接的に進化させることは可能だ。

ただそんなことをする理由も思いつかず、ニコラは考えを頭から振り払った。

「私に倒せるでしょうか？」

「闘気量だけなら、アリスの五倍程度だ。それでもオークスと比較すれば、まだまだ弱い」

「つまり武闘会で勝つには――」

「ガイコツ将軍相手に敗北するようでは勝機がないな」

「私、やります。見ていてください」

「ああ。やってこい」

アリスがガイコツ将軍の前に姿を現すと、獲物を前に興奮したのか、身体から放出する闘気量を増加させる。

「凄まじい闘気量ですね」

「アリスが採るべき戦略は分かっているな」

「逃げに徹します」

「そうだ」

闘気は使えば使うほど消費する。自然回復以上の闘気を消費すれば、いずれは枯渇することになる。相手に闘気を吐き出させて時間を稼ぐ戦術が、アリスの勝つ可能性が最も高い方法だった。というのも五倍もの闘気で体を覆った相手にダメージを与えることは、今のアリスの攻撃では不可能だからだ。

「躱せます、躱せますよ、先生！」

アリスはガイコツ将軍の攻撃を紙一重で躱すと、軽いパンチを放つ。もちろんダメージなどないが、放つ闘気を少なくすればダメージを与えるぞという一種のプレッシャーにはなる。

「ただこのまま躱し続けることは無理だろうがな……」

ガイコツ将軍の闘気量はアリスよりもはるかに多い。それはつまり攻撃の速度も闘気によって加速しているということだ。

アリスは攻撃の初動を読み、事前に体を動かすことで何とか躱すことに成功しているが、相手は両腕両足、すべてから攻撃を行えるのだ。いずれ限界を迎えることは自明だった。

「やはり命中したか」

アリスがガイコツ将軍の拳を食らい、後ろへと吹き飛ばされる。拳を受け止めた腕が変な方向に曲がっていた。

「先生、腕が……」

「完全に折れているな。いや、折れるだけで済んで良かった」

攻撃が命中する寸前に、アリスは腕に闘気を集めてガードした。もしガードしていなければ、腕が吹き飛んでいたに違いない。

「痛みはあるか?」

「痛いのは痛いですが耐えられないほどでは……」

「アドレナリンのおかげだな。緊張がなくなれば、激痛で苦しむことになるぞ」

「そ、それは怖いですね……」

「可哀想だから先生が助けてやる。治癒魔法を使うから、腕を見せてみろ」

「はい！」

　治癒魔法は骨折などを一瞬で治すことができる力だ。ニコラの手から淡い光が広がり、折れた骨が繋がった。

「痛みは消えたか？」

「少し痛みは残っていますが、闘えないほどではありません」

「ならリベンジだ。ガイコツ将軍を倒してこい」

「はいっ！」

　アリスは再び、ガイコツ将軍へと接近する。攻撃を躱しながら、何とかガイコツ将軍の動きに合わせていくが、先ほどまでの動きのキレはなかった。

　その理由は腕を折られたことによる痛みにあった。闘気は精神状態に応じて安定性が決まる。アリスの身体の動きに闘気の移動速度が追いついていないことが、彼女の動きを鈍らせている理由だった。

「最低限の目的は遂げたし、そろそろ止めるか」

　この闘いで最上の結果はアリスがガイコツ将軍に勝利することだった。だが闘気量が五倍違う相手に勝つためには闘気以外の武器がいる。経験の少ないアリスが勝てるほどに現実は甘くないとも思っていた。だから最低限の目的は、アリスが自分より強敵であっても立ち向かえるガッツがあること、そしてダメージを受けても闘いを諦めない意志があることを確認することにあり、その目的は既に達成されていた。

「アリス、下がれ」

「で、でも……」

「いいから下がれ」

「分かりました」

アリスはニコラの言葉に頷くと、ガイコツ将軍から距離を取る。警戒してなのか、それとも闘気の回復を優先してなのか、ガイコツ将軍は追撃してこなかった。

「闘い方を工夫すれば、五倍の闘気量を相手にしても十分勝てると証明してやる」

ニコラは闘気量をガイコツ将軍の五分の一相当、つまりはアリスと同程度にまで力を落とす。

ニコラはガイコツ将軍に無遠慮に近づくと、全身の闘気を右足に集中させ、蹴りを放つ。その鋭い蹴りはガイコツ将軍の腕の骨を一撃で粉々にした。

「闘気量が少なくとも、一か所に集中させれば格上相手でも十分に通じる。このようにな」

「はい！」

「付け加えると、アリスのような躱して闘うタイプは、相手の選択肢を減らすことが重要だ。なぜだか分かるか？」

「相手の動きを制限できるからですね」

「そうだ。両腕、両足からの攻撃だと四つの動きを注視する必要がある。だが今のように片腕を破壊すれば、三つの動きを注視すれば良い。そうなれば敵の攻撃を躱すのも容易になる」

実際に手本を見せるため、ガイコツ将軍の攻撃を見切って躱す。動作に余裕があることが、アリスにも分かった。

「そろそろ終わらせるか」

ニコラはガイコツ将軍の攻撃を躱し様に、無造作(むぞうさ)に拳(こぶし)を放つ。頭蓋骨(ずがいこつ)を粉々に破壊すると、ガイコツ将軍は倒れこんで動かなくなった。

「さすがです、先生」

「この程度で感心されても困る。アリスには来月、ガイコツ将軍以上の相手を倒してもらわないといけないわけだからな」

「が、頑張ります……そういえば先生は治癒魔法を使用されていましたが、もしかして魔法も得意なのですか？」

「一応な。冒険者なら使えた方が便利だからな」

ニコラは利用できるモノなら何でも利用するのを信条としており、それは魔法も例外ではない。

「例えばどんな魔法が使えるのですか？」

「目眩ましや、変身魔法は使い勝手がいいからよく使う」

ニコラは相手の隙を狙う攻撃を得意としている。目眩ましで相手の視界を奪う戦術や、相手の知人に変身して不意打ちを仕掛ける戦術は、彼の得意戦術だった。

「コツさえ摑めば簡単に使えるようになるから、習得しておいた方が得だぞ」

「そんなに便利なのですか？」

「ああ。便――」

ニコラは人の気配を感じて言葉を切り、物陰に隠れる。足音と共に現れた人影の正体はサテラだった。漆黒のドレスを身に包み、ダンジョン内を徘徊している。

「学園長ですね。何をしているのでしょうか？」

「修行でもしていたのかもな」

サテラはニコラほどではないが、武闘家としてかなりの実力者だ。その実力を錆びさせないために、時折修行しているという。その一環なのだろう。

「丁度良い。変身魔法の便利さを見せてやる」

変身魔法を発動すると、ニコラの姿が漆黒のドレスを身に包んだサテラの姿へと変わっていく。身長・体重まで、本人そっくりになっていた。

「学園長と区別がつきませんね」

「闘気量は変わらないし、力も元々の肉体の性能を引き継ぐから、本当に姿を変えるしか役に立たないのだけどな」

「先生は姿を変えて何をするつもりなのですか？」

「ちょっと姉さんを驚かせてやろうと思ってな」

　口元に笑みを浮かべながら、ニコラはサテラの前に姿を現す。彼女はニコラの顔を見ると、鬼の形相を浮かべて、「……なぜここに。いるはずがないのに」と、ボソリと呟いた。

「姉さん、俺だよ」

「……あなたね。あまり驚かさないで」

　変身魔法を解除すると、サテラは安心したような表情を浮かべる。

「俺がここにいるのがそんなに不思議だったのか？」

「え、ええ。ニコラくんはこのダンジョンをすでに攻略し終えているし、訪れる理由が特にないでしょう」

「ニコラくん？」

「つ、つい、子供の頃の呼び方をしてしまったわね。それよりもどうしてここに？」

「今日は俺の修行ではなく、弟子の修行だ」

「お久しぶりです」

「アリス様」

　アリスが物陰から姿を現したことに、サテラは驚きの表情を浮かべる。

「姉さんには話していなかったが、実は――」

ニコラはアリスを弟子にしたことや、来月オークスと闘うこと、そして二カ月間、一緒に修行していたことを説明する。

「格闘術の基礎と、モンスターを倒すことは覚えたのね。けれどここからが大変ね」

「覚えた技を人に使えるかどうかだな」

モンスターを殴れても、人相手だと殴れなくなる者は多い。

「人を殴るなら殴りたいと思える相手が良いわよね」

「そりゃな」

「ならあなたの馴染みの山賊に、最近派手に悪さをしている奴らがいないか聞いてみなさい。本当は私の獲物だったけれど、あなたに譲ってあげるわ」

サテラはそう言い残すと、ダンジョンを後にした。ニコラは釈然としない表情で彼女を見送った。

◆

アリスの怪我は治癒魔法のおかげもあり、一夜明けた頃には痛みが完全に引いて完治していた。そのためニコラたちはサテラの忠告通り、馴染みの山賊の元を訪れていた。

「ここが山賊さんたちのアジトなんですね……」

山奥にひっそりと建てられた小さなコテージ。手入れされた建物は人の気配を感じさせた。

ニコラはノックもせずに、コテージの扉を開けると、中には髭面の小男がいた。

「おい、いるか！」

「ニコラの兄貴！　お久しぶりです！」

「久しぶりだな」

「先生、この人が山賊さんなんですか？」

「元ですがね。ニコラの兄貴にアジトを潰されてからは改心して、山賊業から足を洗っています」

「今は何を？」

「山賊仲間の情報を売って暮らしています。アジトの場所や構成員の情報は騎士の連中や憲兵が欲しがりますからね。暮らしに不自由はしていません」

むしろ山賊時代よりも儲かっていますと、髭面の小男は笑った。

「早速だが聞きたいことがある。最近派手に悪さをしている奴らと聞いて、心当たりはないか？」

「ありますとも。違法薬物を密売している奴らや、道行く行商人を襲う奴ら。より質が悪い奴らは、奴隷商人と山賊を兼業しているタイプですね。なんでも最近はエルフの奴隷を大量に扱っているとか」

エルフを奴隷にしている。その言葉を聞いたアリスは歯を食いしばって、拳を握りこんだ。体は怒りで小刻みに震えている。

「そいつらどこにいる？」

「その情報なら金貨五枚にな――」

「ほらよ、金貨五枚だ。隠し事なしにすべて話せ」

「分かりました。場所は――」

男から聞かされたアジトの場所はここからそう遠くない港だった。仕入れたエルフ奴隷を他国に密売するために、港近くに居を構えているのだそうだ。

賊の人数は十数人と小規模だが、全員がそれなりの使い手だそうだ。聞いた話から推察するに、ガイコツ兵士より強いが、ガイコツ将軍より弱い連中だということだ。

「世話になったな」

ニコラはコテージを後にし、エルフを奴隷として売買している賊のアジトへと向かう。たどり着いた港には大型の木造船が並べられていた。碇を下ろして出航の気配を見せないのは、風が強く、海が荒れているからだ。

「ここだな」

港の端にある倉庫は、人の気配を感じさせないほどに老朽化しているが、情報が正しければ賊はいるはずである。

「アリス、これから賊どもを狩って経験値稼ぎをするわけだが、二つ伝えておくことがある」

「二つですか？」

「一つは敵を攻撃する時、必ず関節技を使うこと。そしてもう一つは関節技を仕掛けたなら、必ず折ること」

「打撃の方が早いのでは？」

「関節技を使う理由は格上相手の技を磨くためだ」

「格上というと闘気量が私より多いということですか？」

「そうだ。ガイコツ将軍との闘いで相手の攻撃を躱すためには、相手の攻撃手段を減らす必要があると伝えたな。格上相手に打撃で腕を折るのは難しいが、関節技なら折るのは比較的容易だからな」

「分かりました。摑んだら折るを徹底します」

アリスはエルフを奴隷として売られていると聞いた怒りが収まっていないのか、今にでも倉庫に飛び込もうとしていた。だが逃げられる可能性を考慮し、秘密裏に行動すべく、裏口がないかを探す。

「裏口を見つけたぞ」

ニコラたちが裏口から倉庫の中へと入ると、人影はなく、ただ酒樽が並べられているだけだ。

だが確かに人の気配が感じられた。

「どこかに隠れているのでしょうか？」

「おそらく地下だな」

奴隷を船まで運ぶのに、人目に付きやすい地上の道を通るのはリスクが高い。ニコラが賊の立場なら、地下から船までへの秘密の道を作る。

「地下への道をどのように探しましょうか？」

「賊を虐めるのが趣味の俺には、地下への道なんて簡単に分かる」

人は秘密の場所を作るとき、どうしても隠そうという意志が働く。酒樽が密集している場所を集中的に確認していくと、ホコリが溜まっていない場所を見つける。酒樽を退かしてみると、地下への隠し通路が顔を出す。

通路を進んだ先には、十数人の人相の悪い男たちと、猿轡に手錠と首輪で繋がれたダークエルフたちの姿があった。

「エルフとはダークエルフのことだったのか……」

「関係ありません。ダークエルフでもハイエルフでも、同じく私の臣民なのですから」

ニコラたちはダークエルフたちを助けるべく、賊の前に姿を現す。ここまで来ればもう逃げられることはない。

「なんだぁ、てめえらは？」

禿頭の賊がダークエルフの少年の首輪に繋がった鎖を引きながら、胴間声で訊ねる。

「アリスはこのハゲを倒せ」

「他の人たちは？」

アリスの質問に、ニコラは口角を釣り上げて姿を消す。再び姿を現した時には禿頭の賊を残して全員が気絶していた。

「残りはこいつだけだ。集中して闘え」

「はい」

アリスは両手を前にして構えると、禿頭の賊は彼女の闘気量を見て鼻で笑う。

「おい、あんた」

禿頭の賊がニコラにちらちらと視線を送りながら訊ねる。

「なんだ？」

「この娘に闘いの経験を積ませるのが目的なんだよな。ならもしも俺が勝ったら見逃してくれないか？　その代わり、俺はこの娘を殺さないと約束する」

「……まぁ良いだろう。見逃してやる」

「そうこないとな」

禿頭の賊は身体を覆う闘気量を増やし、アリスへの威嚇を始める。

「見たところ、俺の闘気量はお前の三倍だ。潔く、降参した方が――」

禿頭の賊が言い終える前に、アリスは男の間合いに入る。禿頭の賊は闘気で圧倒しているせいか、ダメージを受けることはないと油断している。その油断を衝く形で、アリスは男の腕を掴むと、自分の脇に挟み込み、相手の足を払う。男は突然すぎる動きに対応できず、そのまま地面に倒れこんだ。

「腕があぁっ、俺の腕があぁぁ」

賊の悲鳴と腕の骨が折れた音が響くと、彼の腕は本来曲がるはずがない方向に曲がっていた。あまりに無残な光景だが、アリスに罪悪感はなかった。それ以上に同胞を救えたという気持ちが強くあったからだ。

「てめぇ、よくもおぉぉっ！」

叫び声をあげる賊を前にして、アリスは脚を彼の股間に振り上げた。闘気は精神状態に依存する。腕を折られ闘気が乱れている彼に、アリスの全力の闘気を込めた金的蹴りを防ぐ手立てはなかった。

「躊躇しなかったな、えらいぞ」

「私も自分がこれほどまでに容赦なく闘えるとは思いませんでした」

「……まぁ、あまり気にするなよ。賊なんてのは殴って更生させてやらないと、いつまでも悪事を働くんだからな」

ニコラはダークエルフの少年奴隷から猿轡と首輪、それに腕の手錠を外してやる。だが少年はムスっとした顔で喜びの表情を見せなかった。

「大丈夫ですか？　どこも怪我はありませんか？」

アリスが優しい声で訊ねると、少年は怒りの形相を浮かべた。

「あんた、ハイエルフの姫だよな」

「そうですが……」

「あんたに助けられるくらいなら殺された方がマシだった」

「えっ」

ダークエルフの少年の言葉に、アリスは唖然とした表情を浮かべる。

「そもそも俺たちダークエルフが奴隷として売られたのは、あんたたちハイエルフが俺たちの国を奪ったからだ」

エルフ領はダークエルフとハイエルフが共存する国だが、昔からそうだったわけではない。ハイエルフの王が戦争に勝利し、国を一つにまとめるまでは種族間の争いが尽きなかった。そのためハイエルフによるダークエルフへの差別は根強くあり、耐えきれなくなった者たちは流浪の民になった。奴隷として捕まったダークエルフたちもそんな人たちの一部だという。

「ダークエルフはハイエルフを許さない。いつかダークエルフの長であるケルンさんがハイエルフたちを倒し、エルフ領を奪い返してくれるはずさ」

「そうですか……」

「本当だぞ。なんたってケルンさんには凄腕(すごうで)の師匠(ししょう)がついているんだ。それにケルンさんの妹は今でこそ行方(ゆくえ)知れずだけど、十年に一人の天才といわれた才女だったんだ。国を治めるべきは、強い指導者だ。あんたのような力のない王族に資格はない」

「確かに私は王族失格なのかもしれませんね……」

　アリスは悲し気な表情を浮かべて俯(うつむ)く。そんなアリスを見て、ダークエルフの少年はざまぁみろと、口角を釣り上げて笑った。

「おいっ」

　ニコラが少年の頭を軽く殴る。それでも痛みは強かったのか、少年は頭を押さえて怒りの表情を浮かべた。

「な、なにするんだ！」

「お前、助けられないほうが良いんだよな？　なら俺がこのまま奴隷として売ってやるよ」

「じょ、冗談だろ……」

「俺は冗談が嫌いだ」

　ニコラはそれを証明するように、近くに転がる気絶した賊の男を蹴りつける。男が血を吐いて転がる様を見て、少年はガタガタと歯を震わせた。

「ダークエルフの奴隷はサイゼ王国の変態貴族どもに高く売れるからなぁ」

「ひ、ひぃっ」

「先生、もう十分です。私は悲しんでいませんから」

「いいや、こんな恩知らずは酷い目にあわせてやるべきだ。でないと将来、パーティから追放したあとに背後から襲ってくるようなクズに育つからな」

アリスは気持ちだけで十分だと首を横に振る。ニコラは仕方ないと、一歩後ろへ下がる。

「ダークエルフが奴隷となったのはハイエルフに原因がある。もしかすると、あなたの言うとおりなのかもしれません。だから私はあなたたちを助けます」

「……話を聞いていたのかよ。俺たちはあんたに助けてもらいたくないんだ」

「関係ありません。これはただの自己満足ですから。私はあなたたちが嫌だと言っても、ダークエルフを救います」

「救うだって！　馬鹿馬鹿しい。あんたの闘いを見ていたが、勝てたのは、相手が油断していたからだ。もし油断していなければ、あんたは負けていた」

「だから強くなります。もっともっと強くなって、私はすべての同胞を救ってみせます」

アリスは決意を込めた表情でにっこりと笑う。その表情に、ダークエルフの少年は黙りこむしかできなかった。

「先生、修行なのですが、少しお暇を貰えませんか？」

「俺が教えられることは一通り教えたから、別に構わんが、何をする気だ」

「強くなってきます。武闘会が始まる前には戻ってきます」

アリスはそう言い残して、賊のアジトを後にする。彼女が強くなるためには地獄を見る必要があると考えていた。

「お父様」

アリスは遠くにいる相手と話すことが可能な魔法、念話により、エルフ領に住む、自分の父親に話しかける。

「ダンジョンをいくつか紹介してください。特にガイコツ将軍さんが出現するダンジョンをお願いします」

◆

山賊のアジトを襲撃してから数週間、アリスは各国のダンジョンを攻略して回っていた。最初はガイコツ兵士が現れたダンジョンと同じEランクのダンジョンを攻略し、数日後にはガイコツ将軍クラスの敵が現れるDランクのダンジョンも攻略できるようになっていた。

「もっと強くならないと」

今日も日が昇ると同時に、アリスはサイゼ王国にあるダンジョンへと向かった。初心者冒険者なら手こずるDランクダンジョン。現れるモンスターはすべてが格上の環境は、一瞬の油断が死を招く状況だが、彼女は一切怯まなかった。

「今日は帰れないかもしれませんね……」

深い階層のダンジョンでは、その日の内に踏破できないこともあった。そんな場合は野宿をしないといけない。姫として優雅な生活をしていた頃のアリスなら耐えられない環境だったが、強くなるという決意を秘めた今の彼女にとってはどうということはなかった。

「出てきましたね。我が宿敵」

アリスの眼前にはガイコツ将軍の姿があった。二足歩行のガイコツが王冠を被り、赤いマントを羽織る姿は、もう見慣れた光景だ。

「あなたで丁度一〇〇体目です」

アリスは相手が反応するより早く間合いに入る。そしてガイコツ将軍の腕を脇に挟んで、瞬時に折る。流れるような動作に躊躇いはなく、不可思議な攻撃にガイコツ将軍は戸惑っていた。

「これで終わりです」

腕を潰されたことで防御できなくなったガイコツ将軍の頭部に蹴りを放つ。頭蓋骨が吹き飛び、地面を転がっていく。

「まだまだ、まだ足りないです」

アリスはガイコツ将軍を倒したことに満足せず、ダンジョンの下の階層へと下っていく。まるで何かにとりつかれたように闘いを求める姿は戦闘狂のそれだった。

「あれは――」

最下層に降り立ったアリスが周囲を散策していると、赤髪の女剣士がガイコツ将軍と闘っている姿を目にする。流麗な剣捌きはまるで舞を踊っているかのようであった。

（あの様子なら手助け不要ですね）

アリスが安心して様子を見守っていると、女剣士の背後に別のガイコツ将軍が近づいているのを目にする。

「背後にモンスターが！」

女剣士はアリスの声に反応し、二体のガイコツ将軍の首を同時に刎ねる。二つの髑髏が宙に舞い、地面を転がった。

「ありがとう、助かったわ。あなたは――」

「冒険者見習いのアリスです」

「私はジェシカよ。あなたには助けられたわね」

「気にしないでください。それよりも卑怯なモンスターでしたね。よりにもよって背後から襲うなんて」

「……そうね」

「どうかしましたか？」

「いいえ、気にしないで……そういえば、あなたはここでなにを？」

「私は強くなるための修行です。ジェシカさんも修行ですか？」

「そうね。それも目的の一つね」

「それにしてもすごい剣捌きでしたね。まるでサイゼ王国一の剣士といわれた女剣士ジェシカさんみたいでした。もしかしてご本人だったりしますか？」

「……い、いいえ、違うわ。私はただのジェシカよ」

ジェシカがシャノア共和国で犯罪者として収容されていることはサイゼ王国内でも知るものは少ないが、もし知られていたらという不安からジェシカは咄嗟に否定する。その否定の言葉には過去の自分を拒絶する思いも込められていた。

「そ、そんなことよりお礼をさせて頂戴」

「気持ちだけで十分ですよ」

「遠慮しないで。私の実家が近くにあるの。折角だからご馳走するわ。私のお母さんのご飯、とっても美味しいのよ」

「……では、お言葉に甘えます」

断りきれないと思ったのかアリスは好意に甘え、ジェシカと共にダンジョンを後にする。そして徒歩で数十分、二人はジェシカの実家にたどり着いた。

「ここが私の家よ」

石造りの邸宅は豪邸とは程遠い古びた安普請だが、庭に植えられた果実の木と外からの視線を防ぐ木柵は、田舎風景とマッチして味のある風情があった。

「アリスは外で待っていて。お母さんと話をしてくるわ」

「分かりました」

◆

　アリスを残し、ジェシカが家の扉を開けると、そこには彼女と同じ赤髪の中年女性がいた。ほうれい線がくっきりと刻まれた顔は、年齢以上に歳を感じさせる。苦労したのだろうと、ジェシカは悲し気に目を細めた。

「ただいま、お母さん」

「ジェシカ！　ジェシカなのかい！」

「そうよ！」

「あんた、今まで何をしていたのよ！　いや、それよりも無事でよかったわ！」

「お母さんこそ無事でよかった。マリアはどこにいるの？」

「王都の学校よ。寮生活だから帰ってこないわ」

「成長したマリアの顔を見たかったわ」

　ジェシカは妹のマリアを溺愛していたこともあり、久しぶりの再会を楽しみにしていた。それだけに会えないのが残念だった。

「あ、そうだ。お母さんにお土産があるの」

ジェシカは先ほどダンジョンで手に入れた金貨や魔導具を渡す。生活苦の家族の助けになればいい。彼女なりの優しさだった。

「そんなもの必要ないわ。気持ちだけで十分よ」

「でもお母さん、生活大変なんじゃ」

「いいえ。私の生活は以前と比べると随分楽よ」

ジェシカの母は昔を思い出すように天井を見つめる。涙が零れないように、必死に我慢しているようだった。

「私がいなくなってから、そんなに大変だったの?」

「地獄だったわ。毎日食べるモノを求めて、道行く人たちに土下座するの。一〇〇人に一人は銅貨を恵んでくれるわ」

「…………」

「酷いときは三日間何も食べないときもあったし、病気になっても薬も買えない。マリアと二人で身体を売ろうと考えたこともあったわ。けどね、そんな私たちに救世主が現れたの」

「ニコラ……」

「そう、ニコラ様! あの方が私たちを救ってくれたの! 生活するのに十分なお金と、マリアを王都の学校に行かせる為の費用を援助してくれたわ」

「…………」

「マリアなんて『将来ニコラお兄ちゃんと結婚する』が口癖になっているのよ。無礼だから止めなさいと叱るんだけど、そうなってくれたらどれだけ嬉しいかと親だからついつい考えちゃうのよね～」

母親のニコラに対する賛辞は止まることを知らなかった。如何に彼が素晴らしいか、まるで教祖を崇める信者のように、彼女は口を動かし続けた。

「ねぇ、お母さん」

「どうしたの？」

「もし私がニコラを殺そうとしたと言ったら怒る？」

「……どういうこと？　説明して」

ジェシカは母親に勇者パーティに所属してからのことを話す。卑怯な闘い方をするニコラを軽蔑し、憧れの勇者のために彼を追放したことや、シャノア共和国の魔人を襲い、投獄されていたことなど、彼女はすべてを洗いざらい話した。

聞き終えたジェシカの母は目尻から涙を零して、失望の表情を浮かべる。初めて見る母の顔に、ジェシカはゴクリと息を呑んだ。

「あ、あんたは、な、なんて事を……」

「私も悪かったと――」

「ニコラ様になんて恩知らずな！　私たち家族はあの方がいたから救われたのよ！」

「わ、私も知らなかったの。まさかニコラが私のいない間に家族を助けてくれていたなんて」

「あんたは勘違いしているわ。ニコラ様は昔から私たちを救ってくれていたのよ！」

「昔から？」

「あんたがまだ赤ん坊の頃、私は同じように人からお金を恵んで貰って生活していたわ。そんな私が何の縁もなしに雇われるはずもなく、ただ毎日苦しい生活を続けていたの。そんなとき幼少のニコラ様が『子供まで不幸にするのは可哀想だ』と、私を屋敷で雇うように旦那様に願いでてくれたのよ。もしあのときニコラ様に会わなければ、私は生きるために、あんたを奴隷として売っていたわ」

「…………」

「それからはあんたの知る通りよ。幼馴染みとして気兼ねない関係でいたいからと、ニコラ様は自分がしていることは秘密にして、あんたに何不自由ない生活を与えたわ。衣服に習い事、お得意の剣術だってそうよ。すべてニコラ様のおかげよ」

「う、嘘よ！　剣術は先生が私の才能を認めてくれたからよ！」

「嘘なものですか。でなければ貧民の娘が、王国騎士から剣術を習えるはずないでしょう」

「うっ……」

ジェシカは否定の言葉を口にしようとするも、それが喉で引っかかる。彼女はどうして自分のような貧民が最高峰の教育を与えられて育ったのか、ずっと疑問に思い続けていたからだ。

ジェシカの剣士としてのプライドが粉々に砕け散っていく。どれだけ貧しくても、どれだけ辛い目にあっても、天から与えられた剣の才能がいつだって心の支えになってくれていた。その支えがなくなり、ジェシカは地面が揺れているような錯覚を覚えた。

「あんたのような恩知らずはもう娘じゃないよ！　出ていきな！」

「お母さん……」

「あんたなんて赤ん坊の頃に奴隷として売っておけば良かった！」

「――――っ」

ジェシカは母親の辛辣な言葉に涙を流す。そのまま追い出される形で家を飛び出た彼女は、外で待っていたアリスと顔を合わせる。アリスは涙で頬を濡らすジェシカを見て驚きの表情を浮かべると、慰めるようにハンカチを差し出した。

「きっと悲しいことがあったのですよね……」

「私ね、家族を失ったの……ううん、それだけじゃない。故郷も、友人も、思い出も、剣士としての誇りさえ何もかもを失ったの」

「…………」

「どうして私、あんな馬鹿なことしたんだろ……うぅ……私、生きている価値ないよ……最低だよ……」

ジェシカはただひたすらに泣き続ける。彼女が泣き止むまで、アリスは傍で寄り添い続けた。

◆

アリスが暇を貰うと申し出てから、次にニコラが彼女と再会したのは、武闘会当日の朝だった。彼女はいつもの制服姿でニコラの道場へと訪れた。

「先生、お久しぶりです」

「少しの間で随分と見違えたな」

「そうでしょう、そうでしょう。ここまでたどり着くのに苦労しましたから」

アリスは以前と比べて、闘気量が二倍近くにまで増加していた。彼女の才能のなさを考えると、座禅で闘気を増やす訓練を積んだのではないことが察せられた。修羅場を潜り抜けてきた険しい雰囲気を含めて考えると、答えは一つだ。

「ダンジョンに潜っていたのか?」

「はい。ガイコツ将軍さんも一〇〇体倒しましたよ」

えっへんと、アリスは胸を張る。事実、彼女の実力でガイコツ将軍に勝てるようになるには、血の滲むような経験が必要だったはずだ。

「大変だっただろう?」

「はい。最初はガイコツさんたちにボロボロにされてしまいますし、食料がないからモンスターを食べないといけなくて大変で！　知っていますか、ガイコツ将軍さんの骨って茹でると食べられるんですよ」

「そ、そうなのか……」

「大変でした。地獄でした。けれど強くなりました」

「…………」

「先生、私は強くなりました。今なら胸を張ってそう言えます」

努力は嘘を吐かないし、自信に繋がる。今のアリスは学年最弱とは程遠い、堂々とした闘気を放つようになっていた。

「あと修行中にお友達もできたんです。今度先生にも紹介しますね」

「それは楽しみだ。色々話を聞いてみたいが、武闘会は夕方開始だ。それまでに作戦を練るぞ」

「はい、先生」

作戦を話し合うため、ニコラは屋敷の資料室へと移動する。数週間放置していたため、部屋の中は埃が舞っていた。

「さてまずは敵情分析からだ。これについては既に俺の方でやっておいた」

ニコラは資料片手にオークスについての情報を話していく。

「身長と体重は私よりも大きいですね」

「当然筋量もアリスより遥かに上だ。単純な力くらべなら、確実に負ける」

オーク族は体のほとんどが筋肉でできている。身体能力はあらゆる種族の中でもトップクラスだ。

「身体能力より問題なのは闘気量だ。アリスが強くなったといってもオークスの闘気量は、アリスの約五倍だ」

「これだけ聞くと私が勝てる見込みはゼロですね」

「アリスが勝っているのは、攻撃を避けるセンスと、闘気を集める移動速度、そして格闘術だ」

「…………」

「勝てるな?」

「勝ちます。私は自分より強いガイコツ将軍さんを一〇〇体倒した女ですから」

「だな」

アリスは自信を込めた表情で笑う。釣られるようにニコラも微笑んだ。

「だが油断はするなよ。ガイコツ将軍と違って、オークスは考えて行動する。モンスターのように甘くない」

「はい」

「あとオークスのパンチは一発も貰うなよ。一度でも食らうと敗北は必至だ」

「それほど威力があるのですか？」

「以前試合が行われたときは、会場のリングにクレーターができたそうだ」

「……その情報利用できますね」

「アリスも卑怯者の武闘家らしくなってきたな」

「先生に似たからですよ」

ニコラとアリスはオークスを倒すための策に磨きをかける。描かれた策は強者を倒せるだけの実現性を伴っていた。

◆

試合会場の円形闘技場には多くの観客が詰め寄せていた。上級生を含めたあらゆる学年の生徒たち、彼らに授業を教える教師たち、他には卒業後のスカウトを考える外部の人間もいた。

そのすべてが今日の闘いで、アリスが勝つとは思っていない。一方的に敗北し、やはり一組の生徒は強い、シャノア学園の武は凄まじいと内外にアピールするためだけのイベントだと思っていた。それはクラスメイトの九組の生徒たちとて同じだった。勝って欲しいが勝てるはずがない。現実が見えないほど、彼らは夢想家ではなかった。

「九組のクラスメイトたちは応援に来てくれているみたいだな」

ニコラはリング入場口から、観客席を覗いてそう呟く。

「イーリスもいるな。しかし護衛のイーリスがよくアリスの出場を認めたな」

「反対されました。けれどイーリスは私の我儘に弱いんです。命の危険を感じたら、すぐに試合を中断することを条件に認めてもらいました」

「イーリスや応援してくれているクラスメイトの声援に応えないとな」

「ですね」

「声援といえば一組の奴らもオークスの応援に来ているな。いや、応援ではないか。一組の奴らはオークスが勝つと信じて疑っていないだろうからな。なぜ様子を見に来たのだろうな」

「武闘会が終わった後、懇親会が学園所有の島で行われるのですが、その時の待遇がこの勝負の勝敗や試合内容で決定するそうですから。それが気になったのでしょう」

「圧倒的に勝利すれば豪華な飯と部屋を手にするそうだな。だったら奴らにオンボロ部屋で、マズイ飯を食わせてやろう」

アリスは口元から笑みを漏らす。彼女から緊張は感じられない。その精神状態を表すように、闘気も安定していた。

「手筈通りに進めよう」

「はい、先生」

ニコラを置いてアリスだけが入場口を通り、リングへと上る。リングには既にオークスとセコンドの髭面教師の姿があった。

オークスは自信に満ちた表情で、アリスを見下ろす。体格だけなら大人と子供以上の差だ。外見だけなら勝ち目が感じられないほどの差がある。

「三カ月間、どうやら何の変化もなかったようだね」

「かもしれませんね」

オークスがそうアリスを馬鹿にしたのは、彼女がワザと三カ月前と変わらない闘気量を維持していたからだ。理由は単純に強くなったと警戒されるのを嫌ったためだ。

相手の油断は勝利への近道となる。確実に勝つために、アリスは全力を以て、オークスを油断させるつもりだった。

「おい、あの卑怯者の教師はどうした？」

髭面の教師が訊ねる。彼は睾丸を潰されたことを恨んでいた。そしてその恨みを晴らす絶好の機会が今だった。

「先生は遅れてきますよ」

「あいつは私の指導力がないと馬鹿にした。私の生徒が勝ったなら、あの男には土下座で謝罪してもらう」

「ははは、そりゃ良い。ぜひとも見たいねぇ」

オークスは同意するように笑う。釣られるように会場の観客たちも笑った。だがアリスだけは、オークスが勝つことを確信して油断している愚かさに、乾いた笑いを零していた。

「さて、学園長始めてもらおうか」

オークスが特別席に座るサテラに試合開始を催促する。早く始めたくて仕方ないと、彼女の口調が告げていた。

「では決闘を開始します。ルールは魔法・武器の使用、なんでもありです。ギブアップするか、戦闘不能と判断すれば終了です。では試合を始めてください」

サテラがそう宣言すると同時に、オークスは体を闘気の鎧で覆う。アリスの五倍、ワザと抑えている今なら一〇倍近い闘気量は、アリスの肌を刺すような力強さがあった。

「私の闘気にびびって動けないのかい！　あんたは死なないように苦しめてやるから覚悟するんだねぇ」

「そんなに油断していて良いのですか？」

「どういうことだい？」

「後ろを見てみなさい」

「はっ、誰が見るかいっ！　師匠譲りの卑怯戦法は私には通じないよ！」

オークスがそう宣言したと同時である。彼女の背後から、凄まじい闘気が発せられた。闘気量が自慢のオークスと比較して約一五倍、下手をすると二〇倍近い闘気量を背後に感じる。無視できるほどに、彼女は実戦慣れしていなかった。

　後ろを振り向いたオークスの視界には、オークス側の入場口からリングへと近づいてくるニコラの姿があった。オークスは、彼が発する闘気に反応し、後ろを振り返ってしまったのだ。

「決闘の最中に背中を向けるとは、甘いですね」

　背後を振り向いたオークスには一瞬の隙ができる。アリスは間合いを詰めて、オークスの腕を脇に挟みこむ、足を払う。そのまま体重をかけて倒れこみ、彼女の丸太のように太い腕を躊躇なく折った。

「いぎぃぃぃっ」

　地面に転がされたオークスが苦悶の声を漏らすが、すぐにそれは怒りへと変わる。背後を振り向いた隙を狙い、腕を折られたのだと気づき、憤怒の形相を浮かべた。

　アリスは反撃が来る前に、腕を離して、オークスとの距離を取る。ニコラもオークスの入場口からアリスの傍へと移動した。

「あ、あんた卑怯だよ。こんなの騙し討ちじゃないかいっ」

「私は先生の弟子ですよ。先生がこういう闘い方をすると知っていたのですから、対応できないあなたが悪いです。それにもしあなたが私に油断していなければ、こんなだまし討ちは通用しませんでした」

「ぐっ」

もしアリスのことを強敵だとオークスが認めていたなら、どれほど背後に強力な闘気を感じたとしても無視できたかもしれない。もしくはセコンドの髭面の教師に何が起こっているのか確認をすることもできた。

だがそうしなかったのは、アリスを弱いと舐めていたから。攻撃を受けても蚊ほどのダメージも受けないと思っていたから。

だがオークスは認識を変えざるを得なかった。アリスは学年最強である彼女の腕を折ったのである。たとえ学年の中でもトップクラスの生徒ばかりが集まる一組の生徒でも、そんなことができる者は一人もいない。

「そういや髭面の無能教師が言っていたな。アリスが負けたら、俺に土下座して謝罪しろと」

「だったらどうした！」

「当然、オークス！　あんたが負けたら、これまで虐めた生徒たちに土下座で謝罪して貰うからな！」

「ぐっ！」

ニコラの言葉に、観客たちから歓声があがる。歓声をあげたのは、彼のクラスの生徒以外にも大勢いる。どうやらオークスは、九組以外のクラスの連中も虐めていたようだ。

応援の声がアリスへの声援に変わっていく。それはオークスに不満を持つ者以外にも大勢いた。観客は強者が弱者をいたぶる闘いではなく、弱者が強者を倒すジャイアントキリングが見たいのだ。

「ムカツクだろう？」

「殺してやる！」

「だったらクレーターを生み出すほどの拳をアリスの顔に打ち込んでみろよ。できるものならな」

「言われなくてもやってやる」

片腕を折られながらもオークスは立ち上がり、放つ闘気量をさらに増やす。それに呼応するようにアリスも本来の闘気量を放つ。その闘気に観客から歓声があがる。

「あれが学年最弱なのっ⁉」

「あの闘気量なら平均相当の実力があるんじゃないかっ！」

アリスを認める声が苛立たしいのか、オークスは雄たけびをあげる。

「あ、あんた！　三カ月前から騙していたんだねっ！　弱い振りをしていたんだっ！」

「いいえ。三カ月前の私は弱かったです。きっとあなたの闘気を見ただけで、腰を抜かしていたでしょう」

アリスは自信に溢れた表情で言葉を続ける。

「ですが今の私は武闘家のアリスです。エルフの姫として、ただ守られるだけの存在じゃない」

「この卑怯者があああっ」

　オークスは残った片方の腕で、アリスに拳を振るう。闘気により身体能力が強化されているため、その拳は常人の肉眼で追えないほどに速い。だがそのすべてをアリスは紙一重で躱していた。

「なぜ！　なぜ命中しないっ！」

　アリスは躱すと同時に、戻しの早い軽い蹴りをオークスに浴びせる。攻撃を躱しては蹴りを放つことを繰り返し、徐々にダメージを蓄積していく。

「必殺の打撃はどうしたっ！　クレーターを生み出す拳は噂だけか」

「うるさい！」

　ニコラが野次を飛ばすと、オークスはムキになって何とか命中させようと拳を振るう。だがその攻撃はすべて躱され、反撃の蹴りが飛んでくる。蹴りを防ごうと、オークスが闘気を足に集中させると、今度は顔に軽い拳が飛んでくる。

　気づくと、オークスは片膝を地面に付いていた。アリスの蹴りは一撃一撃こそ威力は低いが、何度も受けたダメージが蓄積され、立てなくなってしまったのだ。

「くそっ！　どうしてっ！　どうして勝てない！　どうして私の攻撃が命中しないっ！」

　拳の速度は圧倒的にオークスの方が速いのだ。そのすべてを躱されることに、彼女は納得できなかった。

「躱せた理由は簡単です。私はあなたがパンチしか打ってこないことを知っていたからです」

「はぁ？」

オークスは怪訝な表情を浮かべて、首を傾げる。

「何を言っているんだい。今回は私が蹴りを使わなかっただけで、使おうと思えば使え――」

「使えません。いいえ、使わないように私があなたをコントロールしました」

「コントロールだって！」

「あなたの過去の試合を魔法水晶で見ましたが、蹴りを使って勝利したことは一度もありませんよね」

「それはたまたま――」

「いいえ。あなたは蹴りが苦手なんです。正確に表現するなら足に闘気を集めるのが苦手なんですよね」

オークスが試合で蹴りを使う場面は、相手がボロボロになり、反撃できない状態で使用するくらいで、攻撃の主軸は拳による連打がほとんどだった。

「つまり蹴りは使いたくないはずなんです」

「そ、それでも、私の闘気はあんたの闘気の五倍近くあるんだ。闘気を集中せずとも、蹴りでそれなりのダメージは与えられる」

「……変だと思いませんでしたか？」

「何がだい？」

「あなたのクレーターを生み出す拳を打てと誘発する先生の言葉ですよ。普通なら対戦相手に必殺技を使えなんて言いませんよね」

「まさか……」

「あれこそがコントロールです。あなたは必殺技のパンチを使えと、対戦相手から煽られている。さらに蹴りは苦手な上に、その足に対して私が蹴りを浴びせていますから痛みもある。痛んで苦手な蹴り技と、得意で無傷な腕を使ったパンチ、どちらを選ぶかは、実際にあなたの行動が物語っています」

オークスは絶句していた。自分が今まで学んできた、筋肉と闘気を増やすトレーニングとは違う、勝利するための技。オークスはアリスの戦術に感動に似た気持ちを抱くようになっていた。

「正直、一番の課題はあなたの腕を折ることでした。仮に蹴りを制限したとしても、両腕を使った速い打撃を繰り出されると、私に勝ち目はありませんでしたから」

しかし片手のパンチしか飛んでこないなら、アリスは容易に躱すことができる。それが闘気量に五倍の差があったとしてもだ。

「つまり油断しなければ私が勝っていたんだな」

「ええ。だから私はあなたを油断させたんです」

闘気の量をワザと減らしてみせ、弱気な態度で相手を調子づかせる。そういうテクニックを駆使するのがアリスの戦術だった。

「私は単純な力比べではあなたに決して勝てません。ですが喧嘩。喧嘩だけなら私はあなたより強い」

「……負けたよ、あんたの勝ちだ」

足によるダメージで立つことができなくなったオークスは素直に負けを認める。学年最弱が学年最強に下克上した瞬間だった。

◆

「決闘に勝ったことですし、ご褒美が欲しいです」

事の発端はその一言から始まった。

「つい最近まで無職だった俺に金を要求するとは恐ろしい奴だな」

アリスはエルフの王族だ。ニコラから貰わなくとも、遊んで暮らせるほどの金を持っている。

「お金なんていりませんよ。一緒に街へ遊びに行きましょう」

「それなら構わんが……」

そんなやりとりがあり、シャノアの繁華街へと訪れていた。だが隣にアリスの姿はない。彼女曰く、デートは待ち合わせのドキドキがあるからこそ楽しさが増すのだそうだ。

「あ〜、帰りてぇ」

シャノアの街の中央に設置された噴水の前で、ニコラは愚痴を漏らす。噴水前は待ち合わせスポットになっているのか、周囲に人を待つ男女で溢れている。人混みと、幸せそうな他人の空気に気分が悪くなってくる。

「それにしても随分とカップルが多いな。デートする時間なんてあるなら筋トレでもした方が有意義だろうに」

「せ、先生！　お待たせしました！」

アリスが声を荒げながら噴水前へと駆けてくる。服装はいつもの制服姿だが、髪型がツーサイドアップに変わっているせいか、普段以上に幼く感じる。

「遅いぞ。師を待たせるとは何事だ」

「すいません。イーリスを撒くのに時間が掛かってしまって」

「あぁ……」

アリスの警護役であるイーリスは、常に彼女の傍にいようとする。それはニコラとの修行の時でも、休日の外出時でも例外はない。

「その髪型はイーリスを撒くためのものか？」

「どうです？　私の変装術は？」

「気づかない奴がいたら阿呆だ」

「そうですか……結構、自信あったのですが……」

「ちょっと待て。考えてみると、変装なんてしなくても、変身魔法を使えばいいだろう」

ニコラはアリスに格闘術だけでなく、魔法についても指南しており、その中には変身魔法も含まれていた。

「私、あの魔法があまり好きではないのです。親から貰った姿を変えることに抵抗があって」

「そんなことでは強くなれんぞ」

「もちろん使う必要があるなら使います。ですが遊んでいるときにまで使いたくないです」

決闘に勝利してから、アリスは自分の意志をはっきり持つようになっていた。初めて出会った時は、暴漢に脅されて涙目になっていたというのに、もう遥か過去のことのようだ。

「では早速行きましょうか」

「目的地は決まっているのか？」

「ええ。先生にも楽しんで貰えると思いますよ」

「俺が楽しめる？　山賊のアジトか？」

「秘密です。まずは目的地へ行くにも時間がありますし、街を散策しましょう」

アリスに手を引かれ、シャノアの街を散策する。周囲にカップルが多いからか、男女二人で歩いていても浮くことはない。通りに並ぶ商店を楽しみながら、ゆっくりと石畳の道を歩いていく。

「アリスは普段から闘気を抑えているんだな」

「油断させるなら日常からです」

日常生活で闘気を抑えるのは周囲を油断させるという利点があるが、急な攻撃に対応するのが遅れるという欠点もあった。だがアリスの闘気を発する速度は人並み外れて速く、危機察知能力も高い。彼女なら認識したと同時に戦闘態勢に入ることができるだろう。

「見て見て～、あのカップル」

すれ違った若い男女がニコラたちを指差す。いったい何だと耳を傾ける。

「男の方は体格が良くて格好良いのに、女の方は細くて残念だね」

「だよね～」

「エルフ族は金持ちが多いと聞くし、それが目的なんじゃないかな」

「ひっど～い」

二人の笑い声は不快さを残して消えていった。隣を見ると、アリスは悔しそうに唇を噛みしめていた。

「あんまり気にするな。人間、筋肉じゃないって」

「……先生、フォローになっていません」

アリスは肩を落として、トボトボと歩く。だがすぐに元気を取り戻したのか、顔を上げた。

「アリスは外見の割にメンタルが強いよな」

「慣れですよ、慣れ。こう見えても、子供の頃からモテませんでしたから」

アリスは遠い目をして、空を見上げる。何かを思い出すように口を開いた。

「物心ついた頃、両親が私のことを可愛い可愛いと褒めるので、私は自分のことを魅力的な女性だと思っていました」

「まぁ、親はそういうかもな」

「そんな私を変えた事件が起きました。『姫様、実はモテない事件』と、私が勝手に呼んでいる悲劇です」

「事件名から話の結末に予想はついたが続けてくれ」

「私には仲の良い男の子がいたんです。ゴブリン族の王子で、身長こそ小さいですが、腕回りが五〇センチもある魅力的な男の子でした。私はそんな彼のことが好きで、告白したんです」

「振られたんだな」

「ええ。しかも『私が付き合ってあげるんだから感謝しなさい』と、上から目線で告白して振られたモノですから、それはもう酷く落ち込みました」

「…………」

「しかし私はいつまでも落ち込むような性格ではありません。彼に人を見る目がないのだと思いこみ、すぐに立ち直りました」

「人って信じたくないモノは信じないしな」

両親の可愛いという言葉と、告白で拒絶された事実。幼いアリスは前者を信じたのだ。

「それから第二の悲劇が発生しました。それは学校の演劇会での話です。姫役を誰がやるかで揉めたのです」

「アリスが姫役をやりたいと立候補したんだな」

「はい。そしてもう一人巨人族の女の子も姫役に立候補しました。自分のことを可愛いと思っていた私は、投票で決めようと言い出しました」

「それで負けたんだな」

「はい。しかも私の票はゼロの上、匿名なのを良いことに、投票用紙に私への誹謗中傷が書かれていたのです」

「何て書いてあったんだ」

「『調子に乗るなよ、ブス姫が』と」

「アリスは顔だけなら良いのになぁ。いきすぎた筋肉信仰は悲劇を生むなぁ」

それからもアリスの過去話は続いた。周囲の男たちからブス扱いされながら成長した彼女は自分の魅力のなさが耐えられない程に悔しかった。だからこそ自分を変えたいと思った彼女はシャノア学園へ入学したのだという。

「きっと私は一生独身なのでしょうね」

「心配するな。アリスはエルフの姫なんだし、金目当ての男はたくさんいるさ！」

その後もくだらないことで談笑していると、衣服を扱う店舗が集まるエリアへと足を踏み入れる。店先には色鮮やかな衣服が飾られ、客引きたちが、如何に素晴らしい服を取り扱っているかを通行人に向けて語りかけていた。

「そうだっ！　服を買いましょう」

「服なんて必要ない」

「え～、先生もお洒落しましょうよ」

「不要だ。剣士は甲冑、魔法使いはローブを着るだろ。同様に武闘家たる者、胴着さえあれば十分なのだ」

「胴着に固執しなくても良いではないですか……」

「胴着のメリットは色々あるのだ。まずは服を利用した寝技をかける時に、生地が滑りにくいから極めやすくなるのだ。他にも帯を摑むことで、相手の寝技から逃れることもできる」

「まぁまぁ、モノは試しというではないですか。それに先生、いつも胴着姿だから、学園で変人扱いされていますよ」

「通りすがる人にヒソヒソ話をされることが多いと思っていたが、それはまさか！」

「服装が原因です」

「もしかして俺が卑怯者扱いされているのも！」

「服装が原因ですね。間違いありません」

アリスに強引に手を引かれ、ニコラは目抜き通りの服屋に入る。店内に並べられた衣服は流行を取り入れた洒落たモノばかりだ。

「先生にはこれが似合うと思いますよ」

羊毛で編まれた上着をアリスが持ってくる。黄茶に色付けされたその服は、街ですれ違った男たちが着ているのを何度も目にした。流行りの服なのだと、アリスは補足する。

「阿呆か。羊毛は滑りやすいのだ。寝技をかける上で最低の服だ」

そんな服を着るくらいなら、裸の方がマシだと続けると、アリスは残念そうな顔で、服を元の場所に戻した。

「俺の服を探すのはもういい。アリスの服を選べ」

「私の服ですか……」

アリスは女性用の衣服に目を通していくが、どれもピンと来ないようで首を傾げている。

「気に入った服はあったか？」

「やはり城の職人さんの服と比べると、どうしても見劣りしてしまいますね」

「そりゃそうだ」

大衆向けの市販品が、エルフの王族が着るオーダーメイドの服と比較されれば当然そうなる。

「先生は私に着てほしい服はありますか？」

「薄着がいいと思うぞ」

「え？」

「アリスは打撃が得意だろ。薄着だと相手に掴まれにくいから有利なんだ」

「…………」

「特に長袖は論外だな。戻しの動作で服を掴まれると、そのまま投げられる可能性すらある。だから可能な限り肌の露出は多い方が良いのだ」

「武に生きる先生でなければ軽蔑しそうな台詞ですが、先生なので納得です」

　アリスは引き続き、女性物の衣服に目を通していく。手持ち無沙汰になったニコラも何か面白いモノがないか店内を物色する。

「おい、アリス。面白いモノが売っているぞ」

　ニコラは腕パットと記された羊毛が詰め込まれた腕巻きを手に取り、アリスに見せると、不快感で表情を曇らせた。

「これを巻くと、腕を太くできるそうだぞ。こんな馬鹿な商品、誰が買うんだよ」

「本当に馬鹿な商品です。そして私にトラウマを植え付けた悪魔でもあります」

「買ったのかよ……」

「筋肉を欲した私は、藁にも縋る思いで、一度その商品を試したことがあるのです。すぐに捨てることになりましたが……」

「どうして捨てたんだ？」

「腕だけが偏って太くなるので、パットを付けていることがすぐに分かるのです。そのことを私は城の舞踏会で知りました」

「あぁ……」

「舞踏会が始まった時は、普段と違う私に周囲の視線も釘付けだと、謎の自信に包まれていました。しかし私が席を外して戻ると、皆が私の腕のこと馬鹿にしていたんです。特に響いたのは『ブスが必死に背伸びしている』でした」

「………」

「それから私は心に決めました。二度と腕パットは使わないと。そして私がエルフの女王になったなら、法律で腕パットを禁止し、トラウマを断固排除すると」

「お前の人生ってエルフの姫でバラ色のように見えるけど、結構苦労しているよな」

一通りの服を見終えたニコラは、何も買わない訳にはいかずにアリスに勧められた服を購入する。店の外に出ると日差しは強さを増していた。

「さて、そろそろ目的地へ向かいましょう」

「結局、今日の目的はなんだったんだ？」

「行けば分かります」

アリスは頑なに話そうとしない。仕方ないと、アリスの後ろについていく。気づくと商店が並ぶ大通りを抜けようとしていた。

「この先には何もな――」

「先生、目的地が見えてきました！」

「まさか、目的地はあれか……」

アリスが連れてきたのは、手作り菓子を売る露天商だった。店の前には大勢の女性たちが長蛇の列を作っている。

「アリスも女の子だから、甘いモノに目がなくても無理ないか」

「先生、何を言っているんですか。こっちですよ」

アリスが指さした先にはロープで囲われた特設リングの姿があった。リングを取り囲むように観客たちが選手を応援している。

「あそこで何をやっているんだ？」

「賞品を賭けた武闘イベントです。そして私たちの今日の目的地でもあります」

「まさか、お前……」

「デートの最中にも修行を忘れない。どうです？　私も武闘家に染まってきたでしょう」

アリスの言葉に呆れを通り越して感心してしまう。普通の女の子なら街に遊びに来た時まで、修行のことは考えない。彼女は心根から武闘家になろうとしていた。

「ちなみに賞品はなんだ？」

「魔導書だそうですよ」

「……どんなに安くても金貨一〇〇枚はするぞ」

魔導書は読むだけで魔法を習得できるアイテムで、魔法習得の努力を嫌う金持ちに良く利用されている。高額が故に庶民の手には届かない高級品であった。

「魔導書が欲しいのか？　ただ魔導書で覚えられるのはレベルの低い魔法だけだぞ」

「私もそれについては知っていました。ただ今回の賞品は、主催者が東側の国から持ち帰った珍しい魔法の魔導書だそうですよ」

「へぇ、それは興味深いな」

「ただ参加料は金貨一枚と少し高額です」

「にしても随分と挑戦的だな」

魔導書の中の魔法にもよるが、最低でも金貨一〇〇枚はする高級品だ。最低でも一〇〇勝しなければイベント主催者は儲けられないので随分と分が悪い賭けのように思えた。

「また一人挑戦者が現れたようですよ」

リングへ視線を向けると、一人の大男が挑戦しようとする姿があった。対する運営側が用意した選手はピンク色の仮面を被った女性だ。ボディラインを強調するようなシングレットと、そこから伸びる二の腕と足の筋肉から、彼女が武闘家であることが察せられた。

「だが筋肉に比べて、闘気は未熟だな」

下手をするとアリスよりも少ないかもしれない。であるにも拘わらず運営側は彼女なら勝てると信じているのだ。

「挑戦者の大男も闘気量はたいしたことないな」

体格の良い外見とは裏腹に、大男は仮面女と変わらないレベルの闘気を放出している。

「仮面の女性はリーゼさんといって、九八連勝中のチャンピオンだそうですよ」

「あの闘気で？　嘘だろ？」

「闘気量についてはルールがありますので」

「ルール？」

「はい。闘気を一定に制限して闘うことで、力量差による大きな事故をなくしているそうです」

「なるほど。もしかしてだが、二人が顔を殴っていないのも――」

「安全のためのルールです」

「いくらなんでも闘気量が少なすぎると思ったが、そういう裏があったのか。なら筋量が多いと有利だな」

「はい。ですがリーゼさんは自分より大柄の相手にも負けたことがないそうです」

事実、リングに視線を送ると、大男の拳をリーゼは華麗に躱していた。その動きに乱れはなく、かなりの実戦経験を積んでいることが察せられた。

「躱すだけで勝負に出ないな」

「リーゼさんはいつも相手の攻撃を躱し、余裕を見せつけてから倒すんです」

「随分と詳しいんだな」

「実は今回のデートの目的はリーゼさんの技を先生に見せることですから」

「技？」

「ええ。我々の役に立つかもしれない技です」

　リーゼが大男の打撃をギリギリで躱し続けた結果、スタミナが切れたのか男は息を荒げ始めた。その様子を見て、彼女はとうとう攻撃動作へと移る。

　片方の腕で男の腕を摑むと、もう片方の腕で男の腕を組むように纏わりつかせる。そのまま大男の背中に、腕を動かすと、彼は悲鳴をあげて、ギブアップを宣言した。

「あの技、先生が教えてくれた技に似ていませんか？」

「似ている。どこで学んだのか興味深い」

　他人の格闘術は中々お目に掛かれるモノではない。ニコラはリーゼの一挙手一投足を見逃さないように観察する。

「アリス、このイベントに挑戦してみろ」

「私がですか？」

「武闘家と安全に闘えるなんて貴重な機会だからな。胸を借りてこい」

「はい！」

金貨一枚を渡し、アリスはリングにあがる。ニコラは彼女に助言するため、リング傍まで近づく。

「御手合わせ、よろしくお願いします」

アリスは頭を下げて挨拶（あいさつ）する。それを受けたリーゼは腕組みをしながら、満面の笑みを浮かべた。

「やったわ……」

「え？」

「やっと女の子の挑戦者がきたあああああっ！」

「い、いきなりどうかしたのですか？」

「一〇〇人目でようやく女の子よ。どれほど待ち望んだことか」

「よ、喜んでもらえたならよかったです」

「これは喜びなんかじゃないわ。歓喜よ。これまでの挑戦者はオッサン・オッサン・デブ・デブ・オッサンと、男臭（くさ）いったらありゃしないわ。やっぱり殴り合うなら百合（ゆり）。女の子でないとね」

「は、はぁ」

面倒な人と闘うことになったと、アリスは戸惑いを見せるが、すぐに気を取り直す。如何（いか）に相手の性格がハチャメチャでも自分より格上の相手に一瞬の油断は命取りになる。

「早速私から行くわね。そ〜れ〜」

リーゼは体重を乗せていないゆらりとした蹴りを放つ。防御する必要性すらない蹴りは、アリスを舐めている証拠だった。だがアリスは一切の油断なく、足を上げて蹴りを防御すると、間合いに入って、仮面女の腹部に拳を叩き込んだ。

闘気を制限しているとはいえ、殴られたなら痛みを伴う。リーゼは苦痛に顔を歪めると、アリスの攻撃から逃れるために、背後へ飛びのいた。

「あなた、もしかして武闘家？」

「分かりますか？」

「私の蹴りを防ぐ動作、素晴らしかったもの。それに続けてのパンチも体重の乗った良い一撃だった。素人が力任せに殴るのとは違う。武闘家の一撃だったわ」

素人かそうでないかはパンチを打たせてみれば簡単に分かる。素人は腕の力で殴ろうとするが、玄人は体全体のキレを使い拳を放つのだ。アリスの一撃は素人のそれではなく、動きだけなら武闘家と名乗れるだけのキレが備わっていた。

「うふふ、楽しみね。私、今までいろんな女の子と闘ってきたけれど、武闘家の女の子とは楽しんだことがないの」

最初に動いたのはリーゼだった、彼女はアリスへ接近すると、腰を回して正拳を放つ。体格で負けているアリスはリーゼを近づけさせないために前蹴りを放つが、威力が足りずにアリスだけが吹き飛ばされてしまう。

「アリス、絶対に近づけさせるなよ」

「は、はい、先生」

ニコラの言葉に反応したアリスは足を使い、何とかリーゼから距離を取ろうとするも、リングでは逃げるスペースが限定される。じわりじわりと追い詰められていく。

「先生、私はピンチかもしれないです」

「かもしれないではなく、ピンチだな」

「どのようにして闘えば良いでしょうか？」

「アリスはストライカーだ。関節技のレベルはひいき目に見ても高くない。掴まれたら負けると思え」

「つまりは触れさせずに殴り続けろということですね」

「そういうことだ」

口で言う程簡単なことではないが、アリスの目の良さがあれば不可能ではない。

「ほ～ら、捕まえちゃうわよ」

リーゼはアリスの打撃を防ぎつつも間合いを詰めていく。アリスは華麗な動きでリーゼの接近を躱すと、彼女の腕に蹴りを浴びせる。すると蹴られた腕は紅く変色し、腫（は）れあがっていく。

「腕ばっかり蹴るなんて酷いじゃない」

リーゼはリングを上手く使い追い詰めていく。リング上での闘いに慣れていないアリスは逃げ場をどんどんなくしていき、とうとう掴まれてしまう。

「は、離してください」

「離すはずないでしょう。これからがお楽しみの始まりよ」

リーゼがアリスの体勢を崩して馬乗りになる。そして流れるような動作で関節技をかけようと、腕を掴みにくる。それに対して、アリスは寝技の攻防を有利にするため、両足で相手の胴に纏わりつくような形を取り、何とか関節技から逃れていく。

「腕を潰しておいたのは正解だな」

打撃を使い、相手の腕にダメージを与えておくことで、掴み合いに持ち込まれても優位に進めることができる。その教えの効果が実戦で現れていた。

「アリス、以前教えた馬乗りになられた場合の逃げ方を覚えているな」

「はい、先生」

アリスは口元に笑みを浮かべると、リーゼを自分の元へと引き寄せ、鼻に嚙みつこうとする。本当に嚙みつけば反則だが、その動作だけでも相手の体勢を崩すには十分だ。

嚙みつきから逃れようと体勢を崩した仮面女を振り払うと、今度はアリスが馬乗りになる。そしてすぐに相手の腕を持ち、ひじ関節を極める。

「痛い、痛い、もっと優しくっ！　もっと緩(ゆる)く！」

「ギブアップということで良いですね？」

「ギブよ、ギブ。だから許して」

敗北宣言を聞いたアリスは腕を離す。リーゼは息を荒げながら、玉の汗を額に浮かべていた。

「あなた、強いわね。その技はあの男から教わったの？」

リーゼがニコラに視線を向ける。その言葉に同意するように、ニコラは不敵に笑う。

「リーゼさんも強かったです。格闘術は誰から教わったんですか？」

「師匠(ししょう)よ。外見はあなたの先生に似ているわね。同じ黒髪黒目よ。今はエルフ領で国王戦の準備をしているから、もしあなたが出場するなら会えるかもね」

「国王戦？」

「あら、知らないの？　あなた、エルフのお姫様でしょう？」

「私のことを知っていたのですね」

「あなた、有名だもの。にしても意外だわ。王族なら国王戦に関する情報を知っているはずなのだけれど」

「……お父様は私に大切なことを何も教えてくれませんから」

「まぁ、いいわ。いずれ知ることになるでしょうし。私からは何も言わないわ」

「？」

「もしあなたが国王戦に出場するなら覚悟しなさい。師匠は私より遥かに強いわよ。きっとあなたでは勝てないわ。いいえ、違うわね。あなたでなくても勝てない。私はあの人より強い人を知らないもの」

「奇遇ですね。私も先生より強い人を知りません」

アリスの言葉に満足したのかリーゼはリングを降りると、運営から一冊の本を受け取り、そのままアリスに手渡す。それは賞品の魔導書だった。

「これが賞品の魔導書よ。きっとあなたの役に立つはず。ぜひとも活用して頂戴」

「ええ、必ず」

魔導書を手にしたアリスがリングから降りると、ニコラが「よくやった」と彼女の健闘を称える。アリスも気恥ずかしげに、頬を緩めた。

「そういや聞いていなかったが、オークスを倒して目的を果たしたんだ。それでもまだ俺の弟子を続けるのか?」

「当然です。私はもっともっと強くなりたい。そしてあなたの隣に立てる女になってみせます」

「それでこそ俺の弟子だ」

誰かを倒すという目的ではなく、ただ強くありたい。それこそまさに武闘家の言葉であり、アリスが真の意味での武闘家になった瞬間であった。

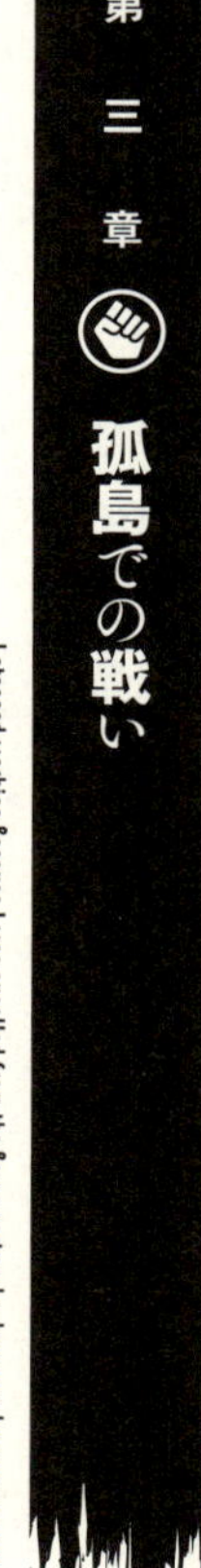

夏といえば海。海といえば白い砂浜と水着である。眼前には生徒たちの水着姿が並び、和気藹々（わきあいあい）とはしゃぎ合う様は穏やかな日常であった。

「それにしても俺も教師らしくなってきたな」

ニコラは九組の担任として生徒たちの監督のために、懇親会（こんしんかい）が行われる孤島にやってきた。

この島そのものが学園の所有物であり、島の東側には白い砂浜と青い海が広がっている。島の中央にはシャノア学園の旧校舎として使われていた施設が立ち並んでおり、島の自然にそぐわない大理石の校舎や資料館もあれば、ゲストが寝泊まりするための自然と調和したコテージもある。

「だがまさか一組の生徒の面倒まで見ることになるとはな」

海辺で楽しんでいる生徒の中には九組以外の生徒も混じっていた。それはアリスがオークスを倒したショックで、一組の担任だった髭面（ひげづら）の教師が学園を去ったことが原因だった。そのしわ寄せがニコラに回ってきたのである。

「一組と九組の生徒は随分と仲良くなったものだ」

アリスがオークスを倒したことにより、クラス間の差別意識が薄まった。そのおかげか今では完全な対等とまでは言いきれないが、近しい仲間として一緒に遊べている。

「それにしても一組の生徒たちの身体は九組と違うな」

割れた腹筋と盛り上がる力瘤、そして身体を覆う闘気が異性への魅力となっていた。対して九組の生徒たちは細い腕に細い脚、太っているわけではないが、痩せているわけでもないお腹。そしてとどめは微弱な闘気だ。魅力の欠片も感じられない。

「オークスはやはりモテるんだな」

ニコラの視線の先にはアリスと闘ったオークスと群がる男たちの姿があった。ビーチの男どもの視線を釘付けにしているのは、丸太のような腕と盛り上がる胸筋、そして割れた腹筋に圧倒的闘気。オーク族の女は容姿だけなら他の種族に劣るかもしれないが、強さこそ一番の魅力であるこの世界では、さしたる問題になっていなかった。

「アリスは残念だな……」

ニコラの視線の先には赤いビキニを着たアリスの姿が映っていた。白い肌に赤い水着は似合っていたが、如何せん、腕と足が小枝のように細い。そして細い身体とは不釣り合いに大きな胸は、強さとはかけ離れた肉体だった。

「闘気はかなりマシになったが、あの肉体では男は寄ってこないな。もう少し腕回りを太くしないと。それに比べて護衛のイーリスはかなり鍛えているようだ」

アリスの背後に立つ護衛のイーリスは、小麦色の肌に白い水着が良く似合っている。アリスと違い、腹筋は割れて、腕に力瘤ができている。闘気量もアリスの倍近い量だ。

「先生、どうですか、私の水着姿は？」

ニコラの元へ駆け寄ってきたアリスが、最初に口にした言葉がそれだった。何と返そうか迷ったあげく、大人な対応をすることに決めた。

「似合っているぞ」

「えへへ、先生ならそう言ってくれると信じていました」

「姫様、こんな男に近寄っては――」

「イーリス、先生に失礼ですよ」

「姫様……」

イーリスは悔しそうに歯を嚙みしめる。だがアリスの命令には逆らえないのか、軽く頭を下げた。

「……先ほどの言葉は謝罪する。だがこれだけは言っておく。私はお前が嫌いだ」

「知っている」

護衛のイーリスの目を盗み、アリスはニコラの道場に通っていた。護衛として良い気分でないことは察していた。

「だが姫様を強くしてくれたことには感謝する。礼を言う」

イーリスは再び頭を下げると、護衛に差し支えない少し離れた場所へと移動する。アリスをニコラと二人だけにしてやろうという配慮だった。

「先生は海に入らないのですか？」

アリスの声色から一緒に海で遊ぼうと誘っていることが伝わった。だがニコラは首を横に振る。

「断る。人間は浮くようにできていないからな」

「もしかして泳げないのですか？」

「泳げないのではない。泳がないのだ。海にいる時に襲われると、波に足を取られて満足に闘えないからな」

適当な言い訳を付けて、海へ行くのを断ると、アリスが残念そうな表情を浮かべた。何だか悪いことをした気持ちになったニコラは、話題を変えるために、視線を巡らせる。イーリスが視界に入った。

「そういえば、イーリスとの仲は長いのか？」

「はい。子供の頃からの親友です」

アリスとイーリスは共にエルフ領の城で暮らしてきた。アリスは守護される姫として、イーリスは彼女を守る騎士として育ち、二人の信頼は家族のように固いのだという。

「イーリスの両親とも仲は良いのか？」

「いえ、イーリスのご両親はダークエルフとハイエルフとの大戦で亡くなりましたから」

「血縁者はいないのか？」

「……先生だから信頼して話しますが、いまからする話はここだけに留めてください」

「分かった」

「イーリスは先の大戦で滅んだダークエルフの王家の血筋でした。つまりダークエルフの姫なのです」

「……そういや十年に一人の才女がダークエルフの長の妹で、行方不明だと聞いたが、それがまさかイーリスのことなのか？」

「はい。ダークエルフの長であるケルンさんとイーリスは腹違いの兄妹です」

「なぜ兄であるケルンは許されているのに、イーリスは許されていないんだ？」

「ケルンさんのお母様はダークエルフでありながら、ハイエルフにさえ救いの手を差し伸べるような人でした。そのためダークエルフの王族はそのほとんどが処刑されましたが、ケルンさんだけは許されました。しかしイーリスのお母様は、ダークエルフの主戦派に属しており、戦争を引き起こした原因となった人でした。そのため大勢のハイエルフから恨みを買っていたのです。このままでは罪のないイーリスまで処刑されてしまうと、私のお父様がイーリスを行方不明として扱い、家族として招き入れたのです」

「そのことをイーリスは知っているのか？」

「はい、知っているはずです」

「裏切る可能性はないのか？」

「……先生でも怒りますよ」

アリスは冷たい口調で告げる。ニコラは素直にすまなかったと謝っておく。気まずい雰囲気が流れる。そんな空気を壊すように、日差しが肌を刺す真夏のビーチに漆黒のドレスを身に纏ったサテラが日傘を差して姿を現す。

「まずいことになったわ」

「どうかしたのか？」

「この島に闖入者よ。それも面倒なのがね」

「武闘家を育てるシャノア学園の敷地に乗り込んでくるだけで、面倒な奴なのは明白だ。いったい誰なんだ？」

「指名手配されている魔人よ」

「魔人がいったい何の用だ？」

「分からないわ。ただこの島には各地から集めた武術本を寄贈した資料館があるわ。マニアなら高値で欲しがる代物だから、それを求めてかも」

「なぜそんなモノがこんな島にあるんだよ……」

「旧校舎の教材はそのままにしてあるのよ。生徒たちが島にいる時も勉強できるようにね」

「……南の島で勉強する奴がいるかよ」

「とにかく済んだことを話しても仕方ないわ。悪いのだけれど、本の護衛をお願いできないかしら。最悪、盗まれても問題ないけど、黙って持っていかれるのも癪だしね」

「生徒の監督はどうする？」

「私がやるわ」

「それなら……」

渋々ながらもサテラの提案に同意する。ニコラは一人寂しく資料館へと向かう。背中にはアリスの視線が突き刺さっていた。

◆

夜の帳が落ちる頃、資料館で本を守るために護衛の任についていたニコラだったが、一向に襲撃の気配がなく、手持ち無沙汰になっていた。

「はぁ、暇だ」

資料館は大理石でできているおかげで、夏だというのに涼しく感じる。寄贈された書物は本棚に仕舞われ、生徒であれば自由に読むことができるようになっていた。

「暇だし、見物でもするか」

資料館を散策し、本棚に納められた本に目を通していく。武術書は貴重だが、彼の手にした本はどれもたいした内容を記していない。

「子供の頃に読んだ本も多いな」

資料館の書物は屋敷の資料室から持ち出されたモノも多く、ニコラにとって懐かしさを覚える本が多かった。

「誰か来たな」

資料館の扉の外に気配を感じる。とうとう襲撃かと臨戦態勢を取るが、扉を開いて訪れたのは、見知ったエルフの顔だった。

「アリスか」

水着姿から、いつもの制服姿へとかわっていた。彼女が近づいてくると、旨（うま）そうな匂（にお）いが資料館に広がる。彼女の手には、料理皿が握られていた。

「料理を持ってきてくれたのか。助かる」

「私が作ったんですよ。お口に合えば良いのですが……」

料理皿には焼き魚が載せられていた。聞くと、海で捕まえたものなのだそうだ。ニコラは魚に刺さった串を持ち、勢いよくかぶりついた。

「お味はどうですか？」

「普通の焼き魚だな」

「料理は修業中でして、まだ焼くくらいしかできないのですよ」

「これから上手くなっていけばいいさ。格闘術もそうやって学んだのだから」

「ですね」

　事実、一部の技に限れば、アリスは一流の武闘家に匹敵する力がある。これは偏に彼女の才能と努力の賜だった。

「先生は強いです。それは私が強くなればなるほど実感します」

「ああ」

「先生はどうしてそれほどまでに強いのですか？」

「トラウマを克服するためだな」

「トラウマを？」

「俺は昔の仲間に裏切られた。だがそれは中途半端に強かったからだ。もし俺がもっともっと強ければ、きっと仲間は裏切らなかった」

「…………」

「だから俺はもっと強くなりたい。誰にも負けない、誰にも裏切られない男になりたいのさ」

「先生は今でも十分なくらい強いです。きっと勇者様よりも強いです」

「……ありがとな。明日も早いんだから、そろそろ寝ろ」

食べ終わった料理皿を返すと、アリスは「おやすみなさい」と言い残して、資料館を後にした。

「弟子を取るのも案外悪くないもんだ」

ニコラは誰もいない資料館で一人呟く。聞いている者は誰もいなかった。

◆

一年生最強が集まる一組のクラスメイト達は、布団が並べられただけの味気のない大部屋で雑談していた。元々は旧校舎の教室の一つで、建物が大理石でできていたおかげもあり、部屋の中は快適だった。

「九組は武闘会で勝ったから、個室なんだよね」

「けれどみんなと話せるから結果的に大部屋で良かったかもね」

「そうね。それに豪華な料理は譲ってもらえたしね」

「部屋と料理、両方貰うのは悪いからってな。良い奴らだよな、あいつら」

皆、楽しそうに笑っている。アリスに敗北したオークスを非難する者は誰もいない。強さこそすべての学園において、一組の代表として選ばれた彼女は、クラスメイトの誰よりも強く、彼女が敗北するのなら、自分たちが出ても結果は変わらなかったと納得していたからだ。

「そうだ。折角(せっかく)だし、恋愛の話でもしない？」

「いいね。しよう、しよう」

楽しそうに談笑する一組の生徒たちの間には、温かい空気が流れていた。だが突然の寒気が生徒たちを襲う。

「なぁ、なんか変じゃないか」

「さっきから震えが止まらない」

唯一震えていないのはオークス、ただ一人だけだった。そして皆が震えている理由に察しがついた。

「外に誰かいる！」

オークスが扉に向かって叫ぶと、ゆっくりドアノブが回され、一人の大男が現れた。オーク族である彼女よりさらに大きい、巨人族の男だ。身長は二メートルより高い。腕の太さも丸太どころではなく、大樹のように太かった。

「俺の闘気に怯(おび)えないとはやるなぁ」

巨人族の男は威嚇(いかく)するように闘気を発しており、その闘気量は学年最強のオークスの倍に相当する量だ。

「てめえらは今から死ぬ。俺が殺す。逃げたいのなら逃げても良いぞ。逃げられるならな」

一組の生徒たちは逃げようとするが、オークスを除いて、誰もが震えて動けない。部屋の至る所からガタガタと歯が鳴る音が聞こえてきた。

「せ、先生が来てくれれば……」

「そうだ！　学園長が見回りに来るはずだ！」

皆が希望に縋るように、学園長の名を叫んで助けを呼ぶ。それを馬鹿にするように巨人族の男は笑っていた。

「ああ。あの女か。あいつなら俺が殺したぞ。だから誰も来ねえよ」

「嘘だろ」

「ありえない、あの学園長が」

誰もがその事実を否定するように首を振る。だがどれだけ叫んでも助けは来ない。もし生きているなら、これだけ騒げば助けに来るはずであるのに。

「男の教師にも俺の仲間を刺客として送っている。助からねえよ」

絶望的な状況下に、一組の生徒たちは涙を流し嗚咽を漏らす。学年最強の一組とは思えない有様だった。

「さて、唯一動けるオークの女。俺を倒さないのか？」

「ぐっ」

オークスは本能的に勝てないと悟った。筋量も闘気も劣っているのだから勝てるはずがない。

「けれど学年最強の私は、敗れるはずのなかった学年最弱に負けたんだ」

巨人族の男とオークスの闘気量の差は倍近くある。だがアリスとオークスの差は五倍近くあった。それでもアリスは逃げずに闘い、オークスに勝利したのだ。

「なら私が諦めてどうする！」

オークスは走り出し、渾身(こんしん)の闘気を込めて、拳(こぶし)を振り上げる。だがその拳が巨人族の男に当たることはなかった。それどころか相手の間合いに入ることすらできずに、パンチを数発顔に貰ってしまう。鼻の骨が折れ、瞼(まぶた)は腫(は)れあがり、口の中はズタボロになる。何をされたか分からぬまま、彼女は後ろに下がるしかなかった。

「驚いているな。格上と闘うのは初めてか」

「なにをしたんだいっ！」

「ただ殴(なぐ)っただけだ。実力差がありすぎて見えなかっただろう」

「ぐっ……」

「諦めな。勝敗は明白だ」

巨人族の男の忠告を無視して、オークスは立ち上がるが、足が前に出ず、身体(からだ)が震え始めた。思えば彼女は筋量と闘気を増やす訓練しか積んでおらず、自分より格上の相手と闘うための武器が何もなかった。

「諦めるのか？　諦めたら、クラスメイト全員死ぬぞ」

「ゆ、許してください。わ、私では勝てないです」

オークスは地面に膝をつき、土下座する。その様子を見て、巨人族の男は満足げな表情を浮かべた。

「条件を呑めば、てめえらを生かしといてやる」

一組の生徒たちはゴクリと息を呑む。靴を舐めろと言われても、躊躇するつもりはなかった。

「エルフの姫が、てめえの学校にいるな。どこにいるか教えろ。もし素直に話すなら、オークの女、お前の顔の傷も治癒魔法で治してやるし、ここにいる全員も生きて帰れる。ただし断るなら全員死ぬことになるがどうする?」

一組の生徒たちに選択肢はなかった。アリスに悪いと思いつつも、彼女の居場所を口にするのだった。

◆

「今の声は……」

ニコラが一人見張りをしていると、資料館に隣接する旧校舎から生徒の泣き叫ぶ声が聞こえてきた。聞き耳を立てると、声の主がオークスを含む一組の生徒たちだと分かる。

非常事態が起きたのだと察したニコラは、護衛を任されていた本が盗まれてしまっても仕方ないと諦め、生徒たちを助けに行くことを決意して資料館を飛び出そうとした。そんな時である。入り口の扉がゆっくりと開いた。

「俺にも刺客が来たか」

　訪問者はドワーフ族の男だった。小さい身体に詰め込まれた筋肉ははち切れそうな程に太い。白い髭と禿頭を見るに、かなりの高齢のように思えた。

「お主がシャノア学園の教師じゃな」

「資料館を守る警備員にでも見えるか？」

「随分と不真面目そうな警備員じゃのぉ」

　資料館を放って、生徒たちの様子を見に行こうとしていただけに何も言い返せない。

「で、狙いはここの資料か？」

「いいや。お主そのものが狙いじゃ」

「どういうことだ？」

「我々の目的はエルフの姫を連れ去ることにある。だからまずお主のような邪魔者を排除するのが、儂の使命じゃ」

「狙いはアリスか。理由を聞いても良いか？」

「お主に教える義理はあるまい。もっとも儂もボスの命令で動いておるだけじゃ。本当の狙いは聞かされておらん」

「……狙いがアリスなら資料館の護衛は時間の無駄だったわけだ」

「そういうことになるのぉ」

「で、アリスが狙いだと俺に教えるということは、あんたは俺に勝てるつもりなんだよな?」

「当然じゃ。ワシは今まで誰にも負けたことがないんじゃからな」

「奇遇だな。俺も背後から襲われて不覚を取ったことはあっても、一対一の闘いでは無敗なんだ」

ドワーフ男は闘気を開放する。刺すような闘気は、常人なら震え上がるだろうが、ニコラにとっては心地よい。

「それが全力か?」

「それはどうかのぉ」

「ははっ、最高だな」

相手の底が見えない闘い。これこそが武闘家同士の闘いだと、ニコラは歓喜する。ドワーフ男は、体重を前に乗せ、前進することに重きを置いた構えを作り、今にも飛びかかろうとしていた。

「さて、そろそろやるかのぉ」

「待て待て。ただ単純に殴り合うだけだとつまらん。どうせ俺が勝つからな」

「何を言いたいんじゃ」

「老人を相手にするんだ。ハンデをやるよ。蹴(け)りは使わない」

「ほぉ、良いのかのぉ。ワシはこう見えても捌きの達人と言われておる。蹴り技がなければ、お主の打撃はワシに届かんぞ」

「いいさ。代わりに俺が勝てば、仲間の人数と得意技を教えろ」

「もう一つ条件を呑むなら教えてやってもよい」

「なんだ？」

「互いに足を止めての接近戦を提案する。避けられない距離で、お互いの拳を打ち合うんじゃ」

　拳が命中する距離でのインファイトとなれば、蹴り技は役に立たなくなる。本当に蹴りを封印すると言うのなら、呑めるだろうと、暗に告げていた。

「良いだろう。足を止めて打ち合おう」

「その意気や良し。代わりと言ってはなんじゃが、先に情報を教えてやろう。ワシは全体像まで把握しておらんが、最低でも二人いることは知っておる。一人は元ランクDの冒険者で、遠距離からの踏み込みを得意としておる巨人族の男じゃ。まぁ、ワシより弱い。もう一人は今日初めて会ったのでのぉ。得意技は何も知らん」

「よし、これで心置きなく殴りあえるな」

　事前に情報を聞いたことにより、ドワーフの男を気絶させても問題なくなった。

「さて約束通り」

「インファイトだ」

互いが拳の届く距離まで近づく。両腕からの攻撃だけを警戒すれば良い距離。この距離での打ち合いで負けるはずがないとドワーフ男は笑う。

「フンッ」

ドワーフ男が連打を放つ。常人なら身体に穴が空きそうな威力だが、ニコラにとっては小石をぶつけられたようなものだ。

「嘘じゃろ……」

「どうした？　本気は出さないのか？」

「ぐぎぎぎぎっ！」

ドワーフ男は怒りで何度も拳を打ち続けるが、ダメージを与えられない攻撃に意味はない。

「今度は俺の番だな。情報をくれたからな。死なないように手加減してやるよ」

ニコラが拳を放つと、ドワーフ男は拳を捌いて軌道をずらす。続いて放たれた打撃もドワーフ男は何とか捌いた。

「態勢を崩しおったな」

両腕を使った攻撃を捌かれたことにより、ニコラはガードに腕を使うことができなかった。対して、ドワーフ男は腕が一本空いている。その拳は強く握られ、必殺の一撃が放たれようとしていた。

　だがその拳が放たれることはなかった。攻撃を食らったのは、ドワーフ男だったからだ。鼻が折れ、血が止まらない。受けたダメージは大きく、ドワーフ男は膝をついて、崩れ落ちた。

「な、なにが起きたんじゃ」

　両腕を捌かれ、体勢を崩していたニコラからの攻撃に、ドワーフ男の頭は疑問で一杯になる。両腕でないなら蹴りを食らったのかと疑ったが、あの体勢と間合いから蹴りが放たれるはずもないと否定した。

「ワ、ワシに何をしたんじゃ？」

「頭突きだよ」

「ず、頭突きじゃと！」

「想定外だったろ」

　武闘家は仮想の敵として自分を想定するが故に、どうしても頭突きのような、武道にない攻撃を想定することを忘れてしまう。

「そもそも今回蹴りを封印したのも、インファイトになったのも計算してのこと。俺の拳に注意を集めるための策略だ」

　両足による攻撃がないとなれば、当然意識を拳に集中させ、敵のパンチを捌くことに注力する。これがもし蹴り技ありのルールだったなら、ドワーフ男はニコラの一挙手一投足を見逃さないように注意を払っていた。そうなれば身体の微細な動きから頭突きを予想されたかもしれない。

「俺は相手の行動や意識を制限するのが得意でね。まぁ、相手が悪かったと思ってくれ」

「世界は広いのぉ。まさかこんな闘い方があるとは」

ドワーフ男は笑いだす。その笑い声は資料館全体に響いた。

「ワシの完敗じゃ。行け」

ニコラは資料館で倒れるドワーフを置いて走り出す。目指すのはアリスのいる旧校舎だった。

◆

九組の生徒たちは、旧校舎にある職員や来客が寝泊まりする個人部屋を貸し与えられていた。

その中でもアリスとイーリスに与えられたのは、賓客用の特別に広い個室で、樫の木で作られた食器棚や机などの調度品で飾られた豪華な部屋だった。この広い部屋がアリスたちに与えられたのは、アリスがオークスに勝利したことで得られたのだからという理由もあるが、それ以上にイーリスがアリスの護衛として、一緒の部屋で眠ることを譲らなかったからだ。

「良い部屋ですね」

二つ横並びに置かれた寝台に、アリスとイーリスの姿があった。二人ともまだ眠るつもりはなく、制服姿のままである。

「一緒に眠るのも久しぶりですね」

城には警護の兵が大勢いるため、アリスとイーリスは部屋を共にしていない。だが子供の頃は二人一緒に寝るのが当然だった。

「子供の頃、イーリスがおねしょして、一緒に怒られたことを思い出しますね」

「それは姫様も同じではないですか。むしろ姫様の方が、おねしょした回数は多かったと記憶しています」

アリスたちは笑いあうが、イーリスの笑顔にはどこか元気がない。体調でも悪いのかと心配してみるが、彼女は元気だと答える。無理矢理体温を測ってみたが、いつもと変わらない平熱だった。

「何か嫌なことでもあったのですか？」

「いいえ、そういうわけでは」

「心配事があるなら相談してくださいね。私たち家族じゃないですか」

アリスの言葉にイーリスは頷く。だが悩みを話そうとはしなかった。

「明るい話題に変えましょう。イーリスには好きな人がいますか？」

「どうしたのですか、突然？」

「学生らしい恋愛のお話です。で、いるのですか？」

「いませんよ。私は姫様さえ守れれば、それだけで十分ですから」

「いいえ。きっとあなたも恋を見つけた方が良いと思うのです。そうすれば人生はもっと楽しくなりますよ」

イーリスは姫の騎士として人生を費やしているが、本音を言えば、もう少し自分の人生の幸せを求めてほしいと、アリスは考えていた。

「姫様は思い人がいるのですか？」

「秘密です」

筋肉や闘気が乏しい自分では女性としての魅力に欠ける。そう考えているアリスにとって、恋とは慕うだけのモノであった。だがイーリスは違う。素晴らしい筋力と闘気の持ち主なのだ。恋人を作って、幸せになって欲しい。

「姫様、なんだか寒くありませんか？」

イーリスは身体を震わせ、肌を粟立たせる。アリスも気づくと、身体が震えていたが、深呼吸して震えを止める。

「近くで誰かが闘気を放っていますね」

しかも敵意を含んだ闘気です、とアリスは続ける。

「姫様は平気なのですか？」

「はい。自分より強大な闘気には慣れているので」

ガイコツ将軍にしろ、学年最強のオークスにしろ、いつだってアリスの敵は自分よりも強敵だった。この程度で震えて動けないようなら、そもそも今までの勝利はなかった。

「この闘気量、私が今まで感じた中でも上位の闘気ですね」

「一番は誰なのですか？」

「もちろん先生です」

アリスは気当たりの修行も受けているため、強大な闘気が傍にいることに身体を馴染ませるのも得意だった。平常心で何をすべきか考える。

「この部屋に入ってくる前に策を練りましょう」

アリスは部屋の間取りに目を配り、何か使えるモノがないか思案する。

「この間取りなら、やはり例の策ですかね」

「例の策とはいったい？」

「イーリスは見ていてください。私は必ず勝ちますから」

敵意を持った闘気は護衛のイーリスと比べモノにならないほど大きい。護衛という役目を奪ってしまうが、彼女を闘わせるわけにはいかない。

アリスは髪型を変えて、片方の目を髪で隠す。そして髪の下で片目を閉じた。ストライカーである彼女にとって片目を閉じるということは距離感を失うということであり、本来なら致命的であるが、彼女には一つの策があった。

「来ます」

ドアノブを回す、ガチャリという音がする。ゆっくりと扉が開かれ、闘気を放つ敵の正体が明らかになる。身長二メートルを超える巨人族の男が姿を現した。

「いた、いた、本当にいた。嘘だったら、あいつらを殺しに行かないといけないところだった」

巨人族の男はアリスを見つけて、ニヤリと笑う。アリスは震えて動けないイーリスを庇うように立つ。部屋の扉からアリスまでの距離は遠いため、間合いにはまだ入っていない。

「あいつらとは誰ですか？」

「大部屋にいた奴らさ。なんでも学年最強の奴らを集めたエリートたちなんだろ。そしてエルフの姫さん、あんたは学年最弱だと聞いた」

「ええ、そうでしたね」

アリスは口角を釣り上げて笑う。怯えていると思わせるために、ワザと震えてみせる。巨人族の男は完全に油断していた。

「学年最強のオーク族の女、あいつも俺が倒した。あいつだけだ、俺の闘気を見て、震えなかったのは」

「彼女は負けたのですね」

「ああ。なんせ俺の闘気は、あの女の二倍近くある。負けるはずがないだろう」

「へぇ、二倍ですか。それは恐ろしいですね。そんなあなたが私と闘うのですか？」

「闘いにならねぇよ。あんたの闘気と筋量で俺の鋼の肉体は傷つかねえからな」

「そうですか……」

アリスは相手が油断していることに安堵の息を漏らす。これで相手は闘気と筋量が大きいだけの素人と変わらない。

「ひ、姫様、この人には勝てません。おとなしくしましょう」

「イーリスらしくないですね。まだ相手の狙いも聞いていないのです。諦めるのは全力を尽くしてからです」

アリスはイーリスを落ち着かせるために、抱き着いて頭を軽くなでる。アリスの腕の中でイーリスの震えは次第に止まっていった。

「落ち着いたら、そこで見ていてください……本題に入りましょう。あなたは私に何の用ですか？」

「人質として誘拐しに来たのさ」

「つまり目当てはお金ですか？」

「知らねぇな。目的ならボスに聞いてくれ」

「そのボスとやらはどちらに？」

「大人しく人質になれば分かるさ」

「嫌だと言ったらどうされますか？」

「無理矢理捕まえるだけだ。しかし聡明なエルフの姫様なら分かるだろう。学年最強のオーク族の女に勝った俺を学年最弱の姫様が勝てるはずないってことくらいな」

「奇遇ですね。私も学年最強を倒したことがあるのですよ」

そう口にした直後、アリスは部屋を照らしていた魔法照明のスイッチを切る。暗闇が部屋を支配するが、その支配から逃れる者が一人だけいた。

「あなたには見えないでしょうね」

アリスは髪で隠していた片方の目を見開く。直前まで目を閉じていたおかげで、暗闇で蠢く、巨人族の男の姿がはっきりと見えた。アリスはすべての闘気を右足に集め、巨人族の男に接近する。

「頭へのハイキックです！」

アリスがそう叫ぶと、巨人族の男は闘気を頭部に集中する。そうなると必然的に、身体の他の部位の闘気が薄くなる。それは彼女が本当に蹴ろうとしていた、金的に対しても同様である。

「えいっ！」

全闘気を集めた金的蹴りが巨人族の男の睾丸に直撃する。アリスの全闘気を集めた一撃は、巨人族の男の防御を突破した。

「ぐぎゃあああっ」

睾丸を破壊された巨人族の男は雄たけびをあげる。潰された睾丸からは血が溢れ、口元からは苦悶の声が漏れていた。

「頭を蹴ると宣言し、馬鹿正直に頭を蹴る人間なんているはずがないでしょうに」

巨人族の男は悲鳴を漏らしながらも、蚊の泣くような声で「卑怯者」と漏らす。

「あなたは勘違いしています。この闘いは試合でもなければ組手でもない。喧嘩なのですから」

戦場で後ろから撃たれたからといって、卑怯だ何だと叫ぶのは負け惜しみでしかない。同様に喧嘩に卑怯なんてモノは存在しない。ただ勝つか負けるかだけなのだ。

「学年最弱と聞いていたが、とんだ誤りだな」

男の声が部屋に響く。声の主は巨人族の男ではない。もっと底冷えのする恐ろしい声だった。

「誰ですか！」

アリスが暗い部屋の中で叫ぶ。その声に応えるように魔法照明のスイッチが入れられる。彼女がスイッチのある場所を見ると、一人の不気味な男が壁にもたれかかっていた。肩まである長い黒髪、血をより赤くしたような紅い瞳、腕から覗かせる丸太のような腕。そして何よりも特筆すべきは、その闘気の大きさだった。巨人族の男より二回り大きい闘気は、アリスが今まで見たどんな闘気よりも禍々しい。

「先生よりも……いや、そんなことないはず」

ニコラより強いのではないかと、アリスに不安がよぎるも、すぐに平常心を取り戻す。しかし体は心よりも正直で、早鐘を打つ心臓は簡単に収まってくれなかった。

「少ない闘気と筋量で良く考えて闘っている」

「先生の指導のおかげです」

「良い師を持ったのだな」

長髪の男は口元から笑みを零して、言葉を続ける。

「だが私相手では策略でどうこうなるレベルの差ではない。それは理解できるな？」

アリスも直感で勝てないことを悟っていた。だが逃げるわけにはいかない。彼女が敗北すれば、共にいるイーリスにまで被害が及ぶからだ。

「私が何とか時間を稼ぎます。イーリスは逃げてください」

「…………」

「イーリス？」

アリスが問いかけるも、イーリスは逃げる素振りを見せない。震えて動けないのかとも思ったが、彼女が浮かべていたのは恐怖よりも罪悪感から逃げるような表情だった。

「無駄だ。イーリスは逃げない。なぜならそいつは私たちの仲間だからな」

「う、嘘ですよね。イーリス？」

アリスは声を震わせて問いかける。だがイーリスは目尻に涙を溜めながら俯いて「申し訳ございません、姫様」と謝罪の言葉を漏らすだけだ。裏切ったと認めたようなモノである。

「頼れる仲間もいない上に、実力差も歴然だ。諦めてついてこい」

「私が黙ってついていくとでも？」

「姫様、諦めてください。この人には勝てません」

「残念ね、イーリス。私が先生から教わったことで最も大切だと思っていることは、相手が誰であっても諦めないこと。相手が強いからと逃げるようでは武闘家とはいえません」

「素晴らしい心意気だ。その心意気に応えてやりたいが、無傷で捕らえるように命じられているのだ。こちらも策を弄するぞ」

長髪の男は思考をまとめると、口元に笑みを浮かべて、イーリスを指さす。

「もし抵抗するようなら、イーリスの両腕両足をへし折る」

「……イーリスはあなたたちの仲間ではないのですか？」

「確かにイーリスは我々の仲間だが、お前はまだ彼女を友人だと思っている。見捨てることはできないはずだ」

指摘は事実だった。アリスはイーリスを犠牲にしてまで自分が助かりたいとは思えなかった。

「……良いでしょう。あなたについていきます」

アリスは悔しさを噛みしめながらも、長髪の男についていくことに同意する。修行の成果を活かせず、黙って従うしかない自分が情けなく、気づくと唇を噛みしめ、目尻に涙を浮かべていた。

だがそんな悔しさもすぐに吹き飛ぶことになる。肌を刺す禍々しい長髪の男の闘気を押し返すように、慣れ親しんだ闘気が身を包んだからだ。

「待たせたな」

「先生！」

「よくも俺の弟子を泣かせてくれたな」

部屋の中に入るとすぐに、ニコラは状況を把握した。敵は一人。禍々しい闘気を放つ男だ。イーリスは俯いて黙り込んでいるため、敵か味方か判断が難しいが、この状況でアリスを助けないのだから敵の可能性が高いだろうと判断した。

部屋の中で利用できそうなモノは二つ。一つは魔法照明だ。暗闇を作り出せば、相手の隙を突くことができる。そしてもう一つは、二つ並んだベッドだ。障害物を利用すれば、相手を押し倒すことが簡単にできる。状況をコントロールすれば、ニコラの有利な展開に移すことも可能だ。

「お前がエルフの姫の師だな」

「そうだ」

「強いな。もしかすると私と同じレベルかもしれん」

「馬鹿を言え。俺の方が、お前の何百倍も強い」

事実ニコラは相手の闘気を見ても、弱者の中ではマシ程度にしか思っていなかった。しかし人は最後まで奥の手を隠すもの。万全を期すために、今回も策を講じることに決めた。

「まずは削るか……」

「私とまともに打ち合うかっ」

ニコラが両腕を前にして構えると、長髪の男は身体を少し前傾させた状態で手を刀のような形にして構える。

「貫手が得意なのか?」

「私の右に出る者を知らぬ程度にはな」

「それにカウンターの構えか。ならこうするまでだな」

部屋の隅にある食器棚を開け、中から皿を数枚取り出すと、ニコラは長髪の男に放り投げた。

「卑劣なっ」

もちろん皿が命中しても闘気で守られている身体に痛みはない。だが人間は反射的に飛んできたモノに反応してしまうようにできている。長髪の男は飛んできた皿を受け流していく。

ニコラは頭をガードしながら、皿の投擲に紛れるように接近する。常人なら皿を顔にぶつけられながら反撃などできない。だが長髪の男は皿をぶつけられても気にせずに、貫手をニコラの腹部に向けて放った。闘気は手に集められており、何とかガードするも吹き飛ばされてしまう。

「こ、こんなにも強いのか……」

ニコラは口から血を流して、額から冷たい汗を流す。その様子を見た長髪の男は、口元に笑みを零した。

「その苦痛に歪む表情と、口元から流れる血、そして不安定な闘気を見るに、どうやら内臓を潰せたらしいな」

「…………」

「常人なら内臓だけでは済まない。貫手が体を貫通し、命を奪っていた。瞬時に腹部へと闘気を集めたことが幸いしたな」

「ま、まだ、俺は……」

「よせ。今のお前が闘えない状態であることは、誰よりもお前自身が理解しているはずだ」

誰の目から見ても闘えない、そんな状態となったニコラから興味をなくした長髪の男は、彼から視線を外し、アリスへと近づく。

「さぁ、頼みの綱の師もいなくなった。大人しくついて――」

長髪の男が言葉を中断する。それは突然襲ってきた背後からの圧力に対応するためであった。

「な、なんだとっ」

ニコラは長髪の男に背後から組み付くとベッドに押し倒す。馬乗りになるニコラを呆然と見つめる長髪の男は、心中をなぜという疑問で一杯にしていた。

「なぜ、あの傷で動けるのだ？」

「簡単な話だ。演技をしていただけだ」

「嘘を吐け。演技であの表情ができるモノか」

「それは簡単さ。魔法を使ったからな」

「変身魔法かっ！」

ニコラは変身魔法が使える。それは本来、他人に化けることで敵の不意を衝くためのモノだ。

「他人に化けられるんだ。怪我をした自分に化けるのは容易いさ」

「だが怪我をしなかったのは運が良かったからだ。もし私の一撃が内臓を潰していたなら、お前は動けなくなっていたはずだ」

「そうはならないさ。なぜなら最初から最後まで、お前は俺に操られていたからな」

ふっと乾いた笑いを漏らしたニコラは、種明かしを続ける。

「お前の得意技が貫手だと聞いたとき、喉か腹、このどちらかを突く攻撃を仕掛けてくると考えた。だがそれがいつなのかはお前次第だ。だからワザと隙を作ったのさ」

ニコラにとって長髪の男は遥かに格下だが、それでもマシだと思える程度の使い手だとは感じていた。皿を投げて気を散らしても、必ず反撃してくると信じたからこそ、顔のガードを固めて、無防備な腹を晒したのだ。

「まさか……そんな馬鹿なことが……」

「あんたは予想通り貫手を腹に打ち込んでくれた。来る場所が分かっていたのだから、そこに闘気を集めて防御するのは容易だ。俺は自分から後ろへ飛び、変身魔法で怪我をした振りをしたのさ」

「だ、だが、そうだとしても、まだ終わりではない。この体勢からでも私は闘える」

「やってみろよ」

長髪の男は体を動かそうとするが、ニコラが膝を彼の両腕にのせているせいで、動かすことができない。両足も届く範囲にニコラがいないため、脱出の糸口としては使えなかった。

「お前は両腕両足を使えないよな。けど俺は両手が使えるんだ」

ニコラが長髪の男に拳(こぶし)を振り下ろすと、彼の顔に拳がのめり込む。鼻を潰した長髪の男は口から血を吹いて失神した。

◆

「次はイーリスの番だ。話してもらおうか」

「何も話すことはない……」

イーリスは頑(かたく)なに話すことを拒絶する。無理矢理聞き出すことも、アリスがいる手前難しい。こういう場合は相手が話したくなるようにするのが一番だ。

「さては復讐(ふくしゅう)だな」

「復讐ですか？」

アリスが何か恨まれることをしたのかと不安気な声で訊ねる。

「ダークエルフはハイエルフによって領地を奪われ、イーリスは両親を殺された。その恨みがハイエルフの姫であるアリスに向けられ、今回の事件が引き起こされたんだ」

自分でもありえないと分かっていながらも、ニコラはイーリスを挑発する。もしアリスを酷い目にあわせたいのなら、機会なんていくらでもあったはずだからだ。

「わ、私は姫様を恨んでなどいません」

「ならなぜこんなことをした？」

「……言えません」

「イーリス……」

アリスが悲しげな表情を浮かべると、イーリスは良心が痛んだのか、苦虫を嚙みつぶしたような顔をする。もう少しだと、ニコラはさらに煽ることに決めた。

「アリスも災難だよな。長い付き合いだったのに裏切られるなんて」

「ち、違──」

「違わないさ。俺も裏切られたことがあるから良く分かる。どれほど親しい仲でも裏切るクズはいるんだ。イーリスも内心ではアリスのことをさぞかし馬鹿にしているだろうさ」

「ほ、本当に違う。わ、私は、姫様のために……」

イーリスは言い淀む。もう一押しだとニコラが追撃を加える前に、悲しげな顔をしたアリスが一歩前へ出た。

「イーリス、私はあなたのことを家族だと思っています」

「姫様……」

「だから本当のことを話して。約束します。どんな理由だったとしても、私はあなたを許すと」

「ひ、姫様――っ」

イーリスは一瞬悩む素振りを見せたが、意を決したのか、重々しく口を開いた。

「最初に一言だけ言わせてください。私の行動はすべて姫様のためにしていることです」

「私のために？」

「私も詳細は教えられていませんが、信頼できる人から直々にお願いされた仕事です。その仕事内容は、姫様を襲う襲撃犯たちをサポートすること。そして最終的にある人の元へと連れていくこと」

「ある人？」

「襲撃犯たちのボスです」

「私を誘拐しようとした理由もその人なら知っているのですね」

「はい。ただ無茶なことはしないでください。あの人は強すぎます。きっとこの学園のどんな教師よりも強いです」

「俺よりも強いのか？」

「私の見立てではな」

「へぇ～」

ニコラは自分より強い者がいると聞いて嬉しくなる。山から降りた彼は自分と対等に闘える相手がおらずに寂しさを感じていたのだ。勇者パーティの一員として魔王領で戦争をしていた時は、敗北の危険が常に隣り合わせだっただけに、彼はあの頃の緊張感を取り戻したいと願っていた。

「そいつはこの島にいるんだよな？」

「闘うのか？」

「ああ」

「勝てるはずがない。それに闘うにしても、もう少し時間を置いた方が良い。度重なる闘いで、闘気をかなり消耗しているはずだ」

「そうでもないさ」

ドワーフの男も長髪の男も世間の基準で考えれば十分に強いが、ニコラと比較すると足下にも及ばない相手だ。そのため彼は一切の疲労を感じていなかった。

「さてこれからの作戦だが……」

イーリスの言葉を信じるなら、襲撃犯のボスはニコラ以上の実力者だ。彼は万全を期すための卑劣な策を用意する。

「相変わらず貴様は卑怯だな」

「なんとでも言え。勝利は確実にだ」

「そうですね。この闘い方こそ先生ですから」

◆

旧校舎の最上階、教員用の個室とは比べ物にならない広さを持つ学園長室の椅子から外の景色を見つめる者がいた。窓から覗く景色は絶景で、黒い海と黒い空を、きらきらと輝く星が照らしていた。

「……エルフの姫を連れてきました」

学園長室に姿を現したのは、気絶したアリスを連れた長髪の男だった。傍にはイーリスの姿もある。

「ニコラに勝利したようね」

椅子から立ち上がった人影は月影に照らされて正体を現す。その正体は漆黒のドレスを身に纏った麗人、サテラであった。

「ではアリス様をこちらに」

「どうぞ……」

長髪の男がアリスの身柄を引き渡す。その時、サテラはアリスの身体から少女とは思えない重さを感じ違和感を覚える。その違和感の正体が、アリスの身体を覆う魔法の光が解放されることで明らかになる。光が晴れて、姿を現したのは、ニコラの変身魔法により姿を変えられていた長髪の男だった。

こうなると次の手は決まっている。長髪の男に偽装していた変身魔法が解除され、ニコラが姿を現すと、呆気に取られているサテラに奇襲を加える。闘気を集中した蹴りが、彼女の身体を吹き飛ばした。

「あばらにヒビが入ったわね。だが折れてはいないわ」

戦闘に支障はないと、サテラは毅然とした態度を見せる。

「それにしてもあなたの卑怯は変わらないわね、ニコラ」

「可能性は高いと踏んでいたが、自分の目で確認した今でも姉さんが黒幕だと信じられないよ」

「……私が襲撃犯のボスだと疑っていたの？」

「疑いたくはなかったが、一組の生徒たちの叫び声が資料館にいる俺にも聞こえたんだ。なら同じ旧校舎にいる姉さんも必ず声を聞いているはず。それなのに助けに行かないのはおかしいだろ」

「私が敗れたとは考えなかったのかしら？」

「俺が今まで闘った奴らは、姉さんより実力は下だ。奇襲を受けたならともかく、どちらも正面からぶつかるタイプだったし、万が一にも遅れを取ることはないだろ」

「さすがね。さすがは私の弟」

サテラは口元から笑みを零すと、何かを決意したような表情へと変わる。

「なぜこんなことをしたんだ？」

「国王戦のために必要なことだからよ」

「国王戦か。そういえば単語だけは聞いたな」

「当初はダークエルフによる革命が計画されていたの。血で血を洗うハイエルフとダークエルフの国内紛争が始まるはずだった。けれどね、エルフ領の国王は代替案を出したわ。自分が王座を退く代わりに、平和的に解決しようってね」

「そんなことが……なら次の国王には誰がなるんだ？」

「それを決めるための闘いが国王戦よ。エルフ領の市民権を持つ者なら誰もが参加できるトーナメントで、ハイエルフやダークエルフの種族的な参加制限はないし、市民権さえあるのなら、エルフでなくても良い。最後まで勝ち残った優勝者が次の国王になるの」

「その国王戦とアリスを誘拐することがどう繋がるんだ？」

「それはあなたが私に勝てたら教えてあげる」

サテラは全身から刺すような闘気を放つ。応えるようにニコラも闘気を放ち、戦闘態勢を取る。

「随分と弱々しい闘気ね。いつもの油断をさせる作戦かしら？　なら無駄だから止めなさい。私は油断しないわ」

「そんな陳腐な策が通じるとは思っていないよ」

「なら今までの闘いで闘気を使い過ぎたのかしら」

「……闘気が少なくなっても、格闘術の技量は変わらない。どんな状況でも俺は勝つよ」

「それでこそ私の弟よ」

サテラはそう口にすると、一歩前へと踏み出した。そしてそれが終わりへの第一歩となった。

ニコラは口元に大きな笑みを浮かべる。その笑みは次第に大きくなり、ニコラの顔が崩れていく。

「まさか！　変身魔法！」

サテラは眼前のニコラが擬態だと気づく。変身魔法は解除され、アリスが姿を現した。その瞬間、サテラはすべてを悟る。

「ならニコラは――」

サテラの背後で闘いを見守っていたイーリス、いや、イーリスの姿をしたニコラが、サテラの背後を襲う。

「遅いな、姉さん！」

内臓を抉るような拳が、サテラの脇腹に突き刺さる。彼女の油断した闘気では守りきれず、一撃で骨と内臓を粉砕した。彼女の口からは血があふれ、片膝をつく。

「ひ、卑怯者！」

「卑怯なことは知っているさ。だから勇者パーティから追い出されたのだからな」

あらゆる手段を使って勝利する。変わり身や背後からの攻撃、なんでも使うからこそニコラは絶対の勝利を手にするのだ。

「化かし合いで遅れを取って、敗れるなんて……」

もう立つことができないのか、サテラは口から血を漏らしながら、何とか言葉を紡ぐ。

「本質はそこじゃないさ」

「なら一体？」

「弟子の有無さ」

「………」

「もし素人を変身魔法で俺の姿に変えたとしても、姉さんはすぐに気づいただろう」

「でしょうね。アリス様の構えがあなたそっくりだったからこそ騙されたの」

「闘気は体調により増減するし、意図的に抑えることだってできる。だが体に身に付いた構えだけは簡単に偽装できない」

　武闘家は構えにすべてが現れる。ニコラの技を習得したアリスがいたからこそ、この作戦が成功したのだ。

「アリスを俺だと信じたからこそ、姉さんの注意は偽物へと向いた。だからこそ背後からの奇襲が成功したんだ」

「弟子の差ね……あははは っ、だからこそ武道は面白いわね」

　サテラは笑う。口から血を流しながらも、その表情はどこか楽し気だった。その笑い声はまるで弟であるニコラの成長を喜んでいるかのような声だった。

◆

　サテラを倒し孤島から帰ったアリスは、サテラの話していたダークエルフの革命や国王戦に関して、姫としての人脈をフルに活用することで調査し、エルフ領の現状を把握（はあく）した。

「アリスの父親は無事だったのか？」

「念話の魔法が繋がらないので無事という確証はありません。ただ王族は保護されたという話を聞いたので、無事でいるとは思います」

「より詳しい話を聞いてみるか？」

「何か心当たりがあるのですか？」

「アリスも知っているだろ。国王戦について知っていた奴がいることを」

「学園長ですね！」

ニコラたちはエルフ領に関するさらなる情報を得るために、シャノア学園の学園長室を訪れた。教室ほどの広さがある室内に、国中から集めた品のある調度品。そんな部屋の窓際の椅子にサテラは腰かけ、背中に後光を浴びながら腕を組んでいた。傍には控えるようにイーリスの姿もあるが、彼女は悲しげに俯いていた。ニコラとアリスはサテラの勧めに従い、傍にあった椅子に腰掛ける。

「私に用事があるのでしょう。予想は付くけど、まずは何から聞きたいの？」

「色々あるが、最初に聞かせてくれ。なぜアリスを攫おうとした？」

「……アリス様を攫った理由は秘密にしてくれとお願いされていたのだけれど、ここまでくれば本当のことを話しても問題ないわね」

「誰から依頼されたんだ？」

「アリス様のお父様、つまりはエルフ領の前国王様から頼まれたのよ」

「う、嘘です、お父様が……」

アリスは困惑の表情を浮かべる。その疑問に答えるようにイーリスが一歩前へ出た。

「姫様……国王様が誘拐を命じた話は本当なのです。いえ、正確に申し上げるなら、誘拐犯の襲撃による実戦経験を積んで頂き、姫様を強くすることが目的だったのです」

「実戦経験……でもお父様はなぜそんなことを？」

「理由は簡単です。国王様は姫様に次の国王になって頂きたいのです。そのためには姫様が国王戦を勝ち上がる必要がありますが、姫様は実戦経験があまりに不足しています」

例えば金的打ちなどの容赦ない攻撃を練習では使えないように、実戦と練習は緊張感や戦略が大きく異なる。実戦不足を認識しているアリスはゴクリと息を呑んだ。

「確かにオークスさんとの闘いは武闘会というイベントの中での闘いでしたし、ガイコツ将軍さんとの闘いは知能のないモンスターとの闘いでした。そういう意味では、圧倒的な強者相手の実戦を経験できたのは私の糧になったと思います。けれど……私が国王になんて……」

アリスは次の国王になる覚悟が決まらないのか、悩まし気な表情を浮かべる。突然知らされた真実をアリス自身が消化しきれていなかった。

「……姉さんがアリスを誘拐しようとした理由は分かった。だがそれでも腑に落ちない箇所がいくつかある」

「どこが気になるの？」

「まず一組の生徒たちだ。なぜ彼らにも刺客を差し向けた。アリスを強くするためだけなら、巨人族の男を一組に派遣する理由はないはずだ」

「折角の機会だから、一組の生徒たちにも実戦経験を積んでもらいたかったのよ」

「だが刺客が生徒を殺したらどうする？　取り返しがつかなくなっていたぞ」

「その心配はないわ。今回アリス様を誘拐するために送り込んだ刺客は、みんなシャノア学園の教師だもの」

「え？」

「その証拠に、一組の生徒たちの怪我(けが)を治癒(ちゆ)魔法で治療しているでしょう。こんな親切な刺客、普通ならいるはずないじゃない」

「で、でも、俺はあんな奴ら見たことないぞ」

「今まで外部研修に行っていた教師たちだもの」

「だとしても、まったく知らないなんてこと……」

「それはあなたが他の教師と交流しないからでしょ。あなたがもっと社交的なら同僚たちから情報を得られていたはずよ。それにあなたを学園に誘ったとき、伝えたわよね。学園には巨人族やドワーフ族の教師もいると。それが彼らよ」

「そういやそんなことを言っていたな」

「ちなみにダンジョンにガイコツ将軍を生み出したのも私よ。きっとニコラのことだからダンジョンを利用すると思って用意しておいたの」

「それなら察しがついていたよ。姉さんにダンジョンでばったり会った時、動揺(どうよう)してか俺のことをニコラくんと呼んでいたからな」

「ニコラくん？　なにそれ？」

「ダンジョンで会った時に口を滑らせただろ」

「私が？　私はニコラに会ってなんかないわよ」

「……よっぽど俺に見つかったことが悔しかったみたいだな」

　サテラは秘密裏に事を運んでいた。そのため暗躍の最中にニコラに姿を見られたのは想定外の事態であり、完璧に物事を運べなかったことを恥と考えたのだろうと、ニコラは納得することにした。

「他に質問はある？　ここまでくれば何でも答えるわよ」

「最後の質問だが、なぜ俺に本当のことを話さなかった。事情を聞いていれば、もっと協力できたと思うんだが……」

「事情を説明するかどうかは正直悩んだわ。けれど私はあなたにも実戦経験の中で、卑怯戦術に磨きをかけて欲しかったの」

「…………」

「国王戦にはエルフ領から猛者が集まってくるわ。もしかするとあなたに匹敵する実力者が現れるかもしれない。そんな強敵相手にアリス様が国王戦を勝ち抜くには、あなたのサポート、つまりはあなたの卑怯な戦術が必要不可欠なのよ。事情を伝えてしまうと、あなたの卑怯に陰りが生まれてしまう。それを恐れて、本当のことを伝えなかったの」

　心の中で味方だと分かっていながら躊躇なく卑怯戦術を駆使することは難しい。純粋な敵の方が躊躇いをゼロにすることができる。アリスが国王戦を勝ち上がるためには、そういった容赦のない卑怯さこそが必要なのだ。

「聞きたいことは終わったわね。ではすべきことを理解できたわね」

「アリスを国王戦で優勝させればいいんだな」

「理解が早くて助かるわ」

「先生、私が本当に勝てるのでしょうか？」

「勝てるさ」

「そうですよ、姫様。姫様なら必ず優勝できます。私もついていますから」

「え、イーリスもついてくるの？」

「当然だ。私は姫様の護衛だからな」

「イーリスが一緒なら私も心強いです」

　事情を知ったことで、アリスとイーリスの間にあった見えない壁は取り払われていた。再び実の姉妹のように親しい関係性を見せる。

「さて。話がまとまったところで、これをあなたに渡しておくわね」

　サテラは一枚の書類に筆を入れてニコラに手渡す。

「なんだ、これ」

「あなたの解雇通知よ」

「は?」

「だからクビよ。勘違いしないでね。これには理由があるの」

「理由?」

「シャノア学園はエルフ領と友好関係にあり、立場上は中立を貫かなければならないの。だからシャノア学園の教師がアリス様に力を貸すことはできない。けれどクビにすれば、あなたとシャノア学園は無関係になる」

「これで存分に暴れられるということか……元々無職希望だったんだ。喜んで解雇通知を受け取るよ」

ニコラは再び無職になる。その顔からはリストラされた悲壮感が微塵(みじん)も感じられなかった。

　エルフ領は魔王領とサイゼ王国、そしてシャノア共和国に囲まれた弱小国家である。そこに住むエルフ族の多くは、果実の採集や狩りで得た獲物を売買し、生計を立てており、目立った産業がない。軍事力もサイゼ王国や魔王領と比較すればあまりに小さく、勇者や魔王のような強大な戦力も保持していない。三大国からすれば吹けば吹き飛ぶ存在。それこそがエルフ領である。

　そんなエルフ領でダークエルフによる革命が計画され、その結果ハイエルフの前国王が退任した。その知らせは商人からすれば重大な知らせだ。なぜならエルフ領から輸入される果物や肉は品質が高く、三大国の貴族たちに愛されていたからだ。しかし商人以外の多くの者たちからすれば、一時的に興味を惹いても、時が経てばすぐさま忘れてしまうような話だ。本来ならば。

「ダークエルフの阿呆どもが！　クソっ！」

　シャノア共和国の将軍が悪態を吐く。円卓に座る残り二人の将軍も同じ気持ちで一杯だった。

「なんだね、ジェシカ」

「あの……」

ここはシャノア共和国軍の駐屯場の一室。暗くて狭い部屋には円卓と椅子しかない。ここは秘密の話をするために造られた防音室であり、部屋の中には三人の将軍と元勇者パーティの一員であるジェシカがいた。

ジェシカは数カ月前、ニコラをシャノア共和国へと取り込むため収容所から解放された。しかし彼女は勇者パーティから追放したニコラと再会する勇気を持てず、なかなか成果を出せずにいた。急遽呼び出しを受けたときは、成果が出ないことに対する叱責なのではと疑念を抱いたが、話は彼女の予期しない方向に進んでいた。

「質問よろしいですか?」

「なんだね?」

「エルフ領での革命と、私が呼ばれたことは何か関係があるのでしょうか?」

シャノア軍の上層部がエルフ領の前国王退陣に心を砕く理由。ジェシカの脳裏に浮かんだのは、国のトップが変わった混乱で一時的に果実や肉などの物資が入ってこなくなることを将軍たちが心配しているのではというものだ。しかし現在シャノア共和国では戦争をしていないため、物資が不足しても軍が困ることはないし、そもそもそれではジェシカが呼ばれた理由に繋がらない。

「君がここにいることで推測がつかないか？」

「もしかしてニコラが関係しているのですか？」

「その通りだ。我々の調査によると、ニコラはハイエルフの姫を弟子にしているそうだ。その弟子の国で革命が防がれたとはいえ王座が空席になった。君がニコラの立場ならどうする？」

「あっ！」

「当然奪われた国を弟子のために奪い返しにいくだろうな。そして彼の武力があればそれは容易だ」

エルフは闘気と筋量に恵まれない種族だ。圧倒的武力のニコラが城を制圧すれば、誰も奪い返すことはできない。

「一時的にシャノア共和国を去るだけならいい。だがもし移住でもされたら、我が国は抑止力を失うことになる」

「………………」

「さらに最悪の場合、よりマズイことが起きる」

将軍たちは俯きながらため息を漏らす。最悪の場合とは何なのか、ジェシカが疑問に満ちた表情をしていると、その疑問に答えるため将軍の一人が口を開いた。

「我々が最も心配しているのは四つ目の大国が現れることだよ」

「四つ目の？」

「もしニコラがエルフ領の王位を奪い返し、そのまま玉座に座ったとする。その武力が我が国に向けられた場合、いくつかの領地を明け渡し、降伏するしかなくなる」

「まさかニコラがそんなことするとは……」

「本当にそう思うかね？」

「うっ」

ジェシカは言葉に詰まる。ニコラは情に厚い男だが、徹底した合理主義者でもある。弟子のためにシャノア共和国に侵略した方が得だと考えれば行動に移ってもおかしくない。

「やはりいち早く彼と友好関係を結ぶべきだな。ジェシカ、君に期待しているぞ」

将軍たちは最後の希望とばかりにジェシカを見つめる。彼女はただゴクリと息を呑むことしかできなかった。

◆

元勇者のジェイは追放したニコラを再び仲間とするため、シャノア共和国を訪れていた。だが彼は当初の目的を忘れたように、賭博場に入り浸っていた。

「クソッ、今日も負けだ！」

勇者時代に貯めた財産を博打で失っていく恐怖にさらされながらも、ジェイは賭博を止めることができなかった。あの輝かしい時代の興奮をギャンブルが思い出させてくれるからだ。

「ニコラ～俺の親友はどこにいるんだよ～」

「誰か探しているのか、兄ちゃん」

「うるせぇ、ほっとけ」

ジェイは酒瓶片手に裏路地を歩く。闘気の大半を奪われたとはいえ、彼は元勇者である。治安の悪さをモノともせずに、いつもの野宿場所に戻ってきた。捨てられた簡易ベッドに横たわると、追放したニコラに思いを馳せた。

「思えば酷いことしたな。俺らしくないが、あいつに謝ってやるか～。だから早く顔見せろよな」

「誰か探しているのですか？」

「うるせ――」

ジェイは言葉に詰まり、息を呑む。彼の前には黒い外套を羽織った老婆がいた。皺くちゃの腕で杖をつく彼女の外見に一致する人物を彼は噂で知っていた。

「てめぇ、王国の――」

「それを口にすれば私はこの場から去ります」

「――っ」

「私はあなたに助言をするためここにいます」

「助言だと？」

「あなたはニコラを仲間に引き入れたいのですよね？」

「なぜそれを知っている！」

「ふふふっ、なぜでしょうか……」

ジェイは老婆の様子を観察する。彼の元勇者としての力があれば、即座に首を刎ねることもできるだろう。だが彼は彼女に対して底知れぬ恐れを感じていた。

「私はあなたの願いを叶えたいのです。そして彼をサイゼ王国に連れ帰ってきて欲しい」

「それは俺も望むところだ。だがどうやって連れ戻す。俺はあいつの居場所すら知らないんだぞ」

「では私からの助言です。エルフ領へと向かい、国王戦に参加しなさい」

「国王戦？　なんだそれは？」

「市民権を持つ者の中から次のエルフ領の王を決めるための闘いですよ。その闘いにニコラが参加します」

「なるほど。再会さえ果たせば、あとはそれをきっかけに友好関係を築けばいいんだな」

「その通りです」

「ただ俺はエルフ領の市民権なんて持っていないぞ。参加できるのか？」

「我々は裏社会の人間です。市民権の偽造など実に容易い。あなたの身分証明書もすでに用意してあります」

「ありがたく頂いとくぜ」

ジェイはベッドから立ち上がると、老婆は懐から市民権を証明する書類と、パンパンに詰まった二つの革袋を取り出す。

「市民権の証明書は分かるが、この袋はなんだ？」

「当面の活動資金と、私が作成した秘伝薬です」

「金はありがてぇな。ただ秘伝薬とはなんだ？」

「魔力と闘気を爆発的に増大させ、全身に負った傷を瞬時に治療する薬ですよ。ただし副作用として一分後に闘気量が極端に低下します。もし国王戦でニコラと再会する前にどうしても勝てない相手がいたら活用してください」

「副作用が大きいな。使うなら試合後半だな。ただありがたく頂いておくぜ」

ジェイは上機嫌に裏路地を後にする。その背中を老婆は口元を歪めて見送った。

第四章 無職と国王戦

I stopped working because I was expelled from the brave party who denounced me as a coward

ニコラたちはシャノア共和国を出発し、エルフ領の最大都市エルフリアへとたどり着いた。

王族の名を冠したこの都市は水と森の都とも呼ばれており、等間隔に配置された樹木や、憩い(いこ)の場として設置された噴水が見る者を楽しませた。

「予想より早く着きましたね」

「親切な人に助けられたな」

「姫様の人望のおかげです」

シャノア学園からエルフ領まで徒歩で半日ほど必要だが、エルフリアまで一瞬で飛べる魔方陣を使えば時間の短縮が可能だ。だがニコラたちがいざ魔方陣を使おうとすると、エルフリアへの魔方陣前に長蛇の列ができており、並んでいるだけで半日が経過しそうであった。困っていたそんなニコラたちの前に、シャノアの軍人が現れ、エルフの姫であることを理由に、軍事用の特別魔方陣を提供してくれた。もちろんこれはシャノア共和国のニコラに対する懐柔策(かいじゅうさく)の一つであった。

「姫様、シャノア共和国は本当に良い国ですね」

「私がエルフ領の次に好きな国です」

「厚意を無駄にしないためにも目的を果たさないとな」

ニコラたちはまずアリスの家族を捜し出すためにエルフの王城へと向かう。見る者を虜にするような美しい白亜の王城は、強固な城門と警護のダークエルフたちによって封鎖されており、中へ入ることはできなかった。

「困りましたね」

「だな」

城の前で途方に暮れるニコラたち。どうすればいいのか悩んでいると、見知った人影が近づいてきた。ボディラインを強調するようなシングレットとピンク色の仮面は、アリスの記憶にはっきりと刻まれていた。武闘イベントで知り合ったリーゼである。

「あら、あなたももしかして」

「お久しぶりですね、リーゼさん。どうしてこちらに？」

「私の師匠が国王戦に出場するから、その応援よ。あなたは……って聞くまでもないわね。あなたはハイエルフの姫なのよね。きっと家族を探しているのでしょう」

「実はそうなのです。ですが城の中に入れなくて」

「私、兄弟子がダークエルフの偉い立場にいるから情報通なの。あなたの家族の居場所なら知っているわよ」

「教えてください！　どこにいるのですか⁉」

「……私が騙していると は疑わないのね」

「一度拳を交えましたから。リーゼさんがどういう人かは理解しているつもりです」

「嬉しいこと言ってくれるわね。ついてきなさい。案内してあげる」

リーゼは城の傍にある王族用の庭園へとアリスたちを案内する。緑豊かな庭園の中央には澄み切った池があり、その上に立派な四阿が建てられていた。護衛のハイエルフたちに囲まれながら、四阿の椅子に座って風景を眺めているのは、エルフ領の元国王であるアリスの父親だった。金色の髪と優しい顔つきは、アリスの面影を感じさせた。

「アリス！　アリスなのか！」

「お父様、よくぞご無事で！」

アリスと元国王は抱きしめあい、互いの無事を喜ぶ。

「どうして今まで連絡をしてくれなかったのですか？」

「アリスは優しい子だ。儂が王座を捨てたと聞けば、何を置いてもエルフ領へ駆けつける。アリスが国王戦を勝ち上がるためには、儂に構っておる時間なんぞあるまい」

「……でも私はお父様のことを心配したんですよ」

「それについてはすまなかったのぉ」

「それにどうしてお父様はこうもあっさりと王座を捨てられたのですか？」

アリスはいくら革命を止めるためとはいえ、あまりに事が上手く進みすぎていると思っていた。まるで自身から王座を捨てたかのような早さでの決着がどうしても不可解だったのだ。

「儂はな、エルフ同士で命を奪い合うのを何よりも避けたかった。そんなことになるくらいなら、王座を譲る方が何倍も臣民のためになると考えておる……それに王座を捨てたといっても、まだ次の国王が決まったわけでもないからのぉ」

「国王戦のことですね。でもどうして今まで私に秘密にしていたのですか？」

「儂は親としてアリスには平凡でも幸せな人生を送って欲しかった。故に本心では国王戦になど参加して欲しくはないのだ」

「お父様……」

「しかし、そんな甘いことを言っている場合ではなくなってしまった。ダークエルフの長、ケルンはダークエルフ至上主義を取っており、このままではハイエルフたちが差別されて暮らす国になってしまう。儂はダークエルフ、ハイエルフ、どちらも差別されることのない国になることを願っておるのだ」

「だから私を次の王にすると？」

「そうだ。ダークエルフとハイエルフが共存して暮らせる国を作るためには、アリスのような臣民を愛する者こそが王にふさわしい。そのために儂は旧友であるシャノア学園のサテラ殿にアリスを鍛えるよう頼んだのだ。お主の活躍は聞いておる。なんでも自分より何倍も強い相手を倒したそうだのぉ」

「で、でも、私が優勝なんて……それにお父様を守らないと」

「あの憶病者だったアリスが儂を守るか……本当に強くなった……だがその気持ちだけで十分だ。儂には優秀な警護の兵がおる。安心しなさい」

「で、でも……」

アリスは警護のハイエルフたちに視線を巡らせる。皆、精強な兵士たちだが、アリスの見知った顔は一人もいない。彼女の表情から不安は消えなかった。

「姫様、私も国王様の護衛に残りますよ」

「イーリス、いいの?」

「私は国王様を守り切れるだけの力はあると自負しておりますし、ダークエルフである私なら刺客が来ても話し合いに応じるかもしれませんしね」

アリスの護衛であるイーリスは、本心では離れたくない気持ちが強かった。だが彼女はアリスの不安な表情に耐えられなかった。それに隣に立つニコラの存在も大きい。彼の前では自分は足手まといにしかならないと、イーリスは自覚していた。

「姫様、頑張って優勝してください」

「う、うん……」

「まだ国王戦に参加する意思が固まっておらんようだのぉ」

「私などより相応しい人は多いと思いますから……」

「なら街を見てみよ」

「街を？」

「アリスが守りたいと思う人々の顔を見れば、その決心は強くなるはずだからのぉ」

　アリスは国王戦に勝利したいという強い思いを抱けないためか、国王の期待に曖昧な表情を浮かべる。それでも彼の視線から期待の色が褪せることはなかった。

◆

「父親が無事で良かったな」

　元国王との再会を果たしたニコラたちは、次の目的を果たすため都市の中央にある特設闘技場へと向かう。特設闘技場は闘う舞台を紐で仕切っただけの簡易なものだ。その闘技場を大勢のエルフたちが囲い、二人のエルフが闘う様子を観戦している。

　対戦相手の一人はダークエルフの青年だ。小麦色の肌と墨で塗ったような黒い瞳に黒い髪。耳はエルフ族らしくピンと尖った形をしていた。もう一人は白い肌のハイエルフの青年で、手には剣が握られている。

「素手のダークエルフと剣士のハイエルフか」

「どちらが勝つと思いますか？」

「決まっている。ダークエルフだ」

ニコラの予想はすぐに結果へと変わる。ダークエルフの青年は消えたかと思うと、ハイエルフの整った顔に拳をねじ込んでいた。ハイエルフの青年は鼻を折られ、血を吹き出しながら倒れる。まだ意識はあるのか、何とか立ち上がろうと、震える身体を動かしていた。

「皆、目撃したな。こいつはハイエルフでも腕の立つ剣士だ。だが私と比較すれば子供と変わらない。ダークエルフはハイエルフよりも優れているのだ」

観客のダークエルフはウンウンと頷き、ハイエルフたちは納得できない表情を浮かべる。ハイエルフたちが反論を口にしないのは、敗れた青年が顔を苦痛で歪ませる姿を見て、自分もこうはなりたくないと恐怖したからだ。だが中には勇気を示す者もいた。子供のハイエルフが震える青年を庇うようにダークエルフの前に立つ。

「お兄ちゃんをいじめるなぁ！」

「お前、こいつの弟か？」

「そうだ」

「なら教えておいてやる。ダークエルフは今までハイエルフたちに敗北者と馬鹿にされ続けてきたがそれは間違いだ。真に優れたエルフはダークエルフなのだ。その証拠を見せてやろう」

　ダークエルフは子供を摑んで観客に放り投げると、倒れるハイエルフの青年の顔を踏みつける。そのあまりの屈辱にハイエルフの青年は悔し涙を浮かべた。

「それくらいにしてください！」

　アリスの声に反応し、ダークエルフは踏みつけた足を退かす。ニコラとアリスの二人は仕切りの紐をくぐり、闘技場の中へと入る。観客から「姫様」という声が漏れ始め、それがざわめきへと変わる。

「誰かと思えば、ハイエルフの姫か」

「お久しぶりですね、ケルンさん」

「何をしにエルフ領へ戻ってきた。お前の居場所はもうない。我らダークエルフこそが、エルフ領の支配者になるのだ」

「つまりダークエルフの長であるあなたが、次の王になると？」

「その通りだ」

「しかしそれは絵に描いた餅です。あなたはまだ国王戦で優勝したわけではありませんから」

「そうだな。だが私は国王戦の予選でトップの成績を残し、ランキング一位に到達している。つまり最も次期国王に近いエルフは私だ」

　次期国王を決める国王戦はランキングの上位八名のトーナメントで決定する。国王戦ランキングは下位のランクの者が上位のランクの者を倒すことで相手のランクを奪うことができる。

そのため順位が高ければ高いほど強い戦士だといえた。つまり現在ランキング一位の座に君臨するケルンは、優勝を得る可能性が最も高い候補であった。

「あなたはエルフ領の王になり、何をするつもりですか？」

「決まっている。まずはハイエルフをダークエルフの奴隷とする法律を制定してやる。我らダークエルフが味わった屈辱を、お前たちにも味わわせてやろう」

「そうですか……」

アリスの顔つきが変化する。国王戦で勝利する決意の炎が瞳の奥に灯った瞬間だった。

「確かにあなたは強い。最も優勝に近い存在でしょう。しかしあなたは優勝できませんよ」

「なら誰が優勝する？」

「私です。私が優勝し、ハイエルフとダークエルフが仲良く暮らせる国を作ってみせます」

アリスの宣言にケルンは嘲笑を浮かべる。最弱ともいえる貧弱な闘気を放つハイエルフの姫が、猛者集まる国王戦で優勝する。できるはずがないと、ケルンだけでなく、観客のエルフたちまでもがそう思った。

「アリスは優勝するさ。俺が保証する」

「お前は？」

「アリスの師匠のニコラだ」

「お前……強いな」

ケルンは嘲笑を消して息を呑む。彼の本能がニコラには勝てないと告げていた。

「お前がエルフ族なら私は優勝を逃していたかもな」

「当たり前だ。俺が出場すれば、全員指一本で倒してやる」

「凄い自信だ。だが肥大した自信だけを弟子は受け継いだようだな。ハイエルフの姫ではランキング上位八名に残ることすらできまい」

「本当にアリスが弱いか、いまここで闘って試してみろよ？」

ニコラが挑発すると、アリスは戦闘態勢を取る。控えめにした闘気を放ちながら、ケルンの動きを見逃さないように注視する。

「……残念だが、私は既にランキング一位だ。ハイエルフの姫とは闘わない」

「臆したのか？」

「いいや、闘う価値がないのさ。もし私と闘いたいのなら昇ってこい。お前が私の前に立て！」

ケルンはそう言い残し、特設闘技場を後にする。その背中をアリスは悔しげに眺めることしかできなかった。

◆

特設闘技場を後にしたニコラたちは、まずは拠点を確保するためにエルフリアの宿屋を訪れた。隣には酒場があり、冒険者たちが主に利用する五月蠅い宿屋であったが、ニコラは値段と利便性からそこに決めた。

「質素な部屋ですね」

「これでも清潔な分、まだマシな方だ。それにエルフリアの街中にある点もポイントが高い」

部屋はベッドが二つ置かれているだけの、ただ眠るためだけの部屋だ。ニコラはベッドに腰掛けると、アリスも合わせるようにちょこんと腰を下ろした。

「アリス、お前にはまずランキング八位を目指してもらう」

「トーナメントに出場するためですね」

「そうだ」

アリスはまだ一戦もしていないため、ランキングは最下位に等しい。上にあがるためには強者と闘う必要がある。

「ですが私と闘ってくれる人はいるのでしょうか？」

「いるさ。アリスはハイエルフの姫だ。憎んでいるダークエルフも当然いるだろうからな」

「感情に訴えかけて試合を組むわけですね」

「さらにもう一つ手を考えている」

ニコラは懐から革袋を取り出す。そこには溢れんばかりの金貨が詰まっていた。

「このお金は」

「シャノア学園の退職金だ。これを対戦相手のファイトマネーにする」

「そんな！　先生に悪いですよ」

「気にするな。俺が好きでしていることだ」

「先生、見かけによらず、弟子想いですよね」

ニコラは気恥ずかしげに頬を掻く。その仕草が愛らしく、アリスはクスリと笑ってしまった。

「先生、前のお弟子さんはどんな人だったのですか？」

「うーん、子供っぽい奴だったな。あとワガママだった。俺が一人で出かけると自分も連れていけと怒るんだ。最後は裏切ったし最低の弟子だったよ」

「そうなんですか……」

「過去の弟子のことはいい。今の俺にはアリスがいるからな」

「はい、先生」

アリスが嬉しそうに頬を緩ませているのを見て、ニコラは心穏やかな気持ちになる。だがすぐにそんな気持ちを引っ込めてしまう。廊下から人の気配を感じたからだ。

続いてアリスも気配に気づき、扉に視線を送る。扉はゆっくりと開かれ、完全に扉が開いた時、そこには空色の髪と翡翠色の瞳、黒い外套と魔法の杖を手にした少女が立っていた。

「師匠！」

メアリーがニコラに飛びかかるように抱きつく。彼女の瞳には再会の喜びで涙が溢れていた。

「なぜここにお前が？　それよりも俺を裏切ったくせによく顔を出せたな」

「わ、私、反省しました。だ、だから、だから……」

「とにかく離れろ。話はそれからだ」

ニコラはメアリーと距離を取り、ベッドに腰掛けるよう促す。メアリーは促されるまま、腰を下ろした。

「師匠、ごめんなさい。私が間違っていました。師匠は私を守るために技を教えてくれたのに、その恩を仇で返してしまって……」

「……お前本当にメアリーか？　誰かの変身魔法じゃないのか？」

「可愛い弟子の顔を忘れたのですか？」

「憎い弟子の顔は覚えているよ。けど俺の知るメアリーは謝ることを知らない女だぞ。こんな場合、俺への罵倒がもれなく付いてくるはずなんだが」

「尊敬している師匠を罵倒だなんてそんな……」

「口を開けば卑怯だ、阿呆だと。俺のことを駄目人間扱いしていただろう」

「あれは師匠の素晴らしさを知らなかった私が愚かだったのです」

メアリーは隣に座るニコラの手を握ると、上目遣いで擦り寄る。

「私は師匠と別れた後、魔王軍に捕まりました。そこで初めて気づいたんです。私は師匠のこ

とを慕っていたんだって」

「…………」

「師匠は両親を亡くした私を育ててくれましたし、寂しいときは添い寝もしてくれました。私の我儘も何でも聞いてくれて。だから私、師匠と再会できて本当に嬉しいんです」

「……メアリーの言いたいことは分かった。どうやらお前も学んだようだな」

「師匠！」

「で、どんな卑劣な罠を仕込んでいるんだ？」

「え？」

「俺の教えた相手を油断させる戦術なんだろ」

「し、信じて貰えないのは分かります。けれど師匠のこと、本当に大切に思って――」

「背後から魔法で襲ってくる奴のことなんて信用できるか！」

「し、師匠……」

「俺は卑怯だし、最低な人間だと自覚しているさ。けれどな。長年連れ添った仲間を裏切るようなことはしない！」

「…………」

「メアリー、俺はお前のことを実の娘のように思っていたんだぞ。それなのに俺の気持ちを裏切った。だいたい魔王軍に捕まって捕虜にされたからどうした？　俺が同情するとでも思ったか？　残念だったな。俺はお前が苦しんだことに喜びを覚えても不憫だとは思わない」

「う、うぅっ……」

メアリーは大粒の涙を零して嗚咽を漏らす。ニコラに触れられていた手は離れ、ベッドのシーツを握りしめていた。

「師匠、ご、ごめんなさい。わ、私、師匠なら許してくれると思って、甘えてしまって。師匠のことを殺そうとしたのに……ははは、私、本当に最低ですよね」

「最低だと自覚していたんだな。なら俺の気持ちも分かるだろ。出て行け。二度と顔を見せるな」

「……師匠、最後に一つだけ言わせてください」

「…………」

「信じて貰えないかもしれないけれど、私は師匠のことが大好きでした。今までお世話になりました」

メアリーはベッドから立ち上がり、部屋から去る。その後ろ姿をニコラは呆然と眺め続けた。

◆

ニコラの元から立ち去ったメアリーは涙を零しながら、何度も何度も宿屋を振り返った。だがニコラが彼女の後を追ってくる気配はない。

「当然だよね……」

失った信頼は簡単に取り戻せない。メアリー自身十分に理解していたことだった。

「久しぶりに顔を見られただけで満足しないとね……」

人混みの喧噪でメアリーの独り言は宙に浮いて消える。すれ違う人たちは涙を零す彼女に関心を見せず、ただ通り過ぎていった。

「いいえ、このままでは駄目よ。私は師匠に罪滅ぼしできていない。自己満足で終わっちゃ駄目だわ」

何かニコラのためにできることはないか。調査したニコラの現状と、自分ができることを照らし合わせて、最善の方法を考える。

「師匠は弟子のエルフを国王戦に参加させるつもり。なら決勝トーナメントの優勝を目指すはず。そうだわ。私が出場して、師匠の弟子エルフにワザと負ければ、きっと役に立てるはず」

だがメアリーはすぐにその考えを振り払う。彼女はエルフ族ではない。国王戦へ参加するには市民権が必要だった。

「もしかしてあれは……」

「メアリーか！」

道の向こう側から金髪の男が近づいてくるのが見えた。メアリーと共に勇者パーティを組んでいたジェイである。昔の華麗な風貌は見る影もない。薄汚れた冒険者となっていた。

「メアリー、どうしてこんな場所にいるんだ？」

「色々とね。それよりもあなた、浮気したくせに良く私に声をかけられたわね」

「まだ根に持っているのかよ……」

「いいえ。もうなんとも思っていないわ。それに最低なのは私も同じだもの」

メアリーは自嘲めいた笑みを浮かべる。ジェイも何かを察したのか、乾いた笑みを漏らした。

「あなたはエルフ領へ何しにきたの？」

「国王戦に参加しにきた」

「え、あなたエルフ領の住人でもないのにどうして参加権を？」

「実はエルフ領の市民権をもらったのさ」

ジェイはサイゼ王国の老婆から受け取った市民権の証明書を見せる。そこにはジェイがエルフ領に十年以上住んでいる記録が記されている。

「これ偽造よね。大丈夫なの？」

「仕方ないさ。こうでもしないと国王戦には参加できないからな」

「……あなた、そうしてまでエルフ領の国王になりたいの？」

「いいや。俺はただ追放したニコラと仲直りをしたくてさ。でも普通に会うだけだと、仲直りは難しいだろ。そこで国王戦だ。俺が決勝トーナメントに進めば、そこにはニコラもいる。懐かしい仲間と運命を感じる出会い。俺の親友なら過去の過ちを許してくれるはずさ」

「それだけだと足りないわ」

「そうか?」

「そうよ。だからより確実な方法があるの」

ジェイの話はメアリーにとって渡りに船だった。彼女はジェイに計画を語ると、彼は提案に同意する。ニコラと仲直りするための二人の計画が動き始めた。

◆

「アリス、初戦の対戦相手が決まったぞ」

ニコラとアリスは対戦相手を探すべく、手分けしてエルフリアで情報を収集していた。ニコラは先に宿屋に戻っていたアリスと合流する。

「聞いて驚け。アリスの初戦の相手はランキング一〇〇位だ」

「一〇〇位! それほどの実力者と良く対戦を組めましたね」

「高額なファイトマネーのおかげだな」

「先生、本当にありがとうございます」

アリスはニコラが自分のために退職金を使い果たしたことに苦々しい思いを感じていた。成果を出さなければと、拳を握り込む。

「気にするな」

「ですが先生。この試合に勝てたとしても、次の試合はどうするのですか？」

　対戦相手に用意するファイトマネーを無限に用意することはできない。何か金策を考える必要がある。

「そこはぬかりないさ。試合は賭けの対象になる。俺が盗賊から奪い取り、貯蓄してきた財産すべてをアリスに賭ける」

「えっ！」

「そしてその金を次のファイトマネーにあてるんだ。これを繰り返せば、階段飛ばしで上へと昇れる」

「なるほど、さすがは先生です！」

「だが忘れるなよ。この方法は一度負ければ終わりだ」

「一度も負けられないのは実戦も同じです」

　アリスは冒険者としてモンスターたちを何体も相手にしてきた。彼らに情はなく、一度でも敗北すれば、モンスターに食われる運命だ。そんな緊張感の中で修行してきたアリスにとって負けられない闘いはいつものことであった。

「私の相手はどんな人なんですか？」

「グレイブという名前のダークエルフの大男で、闘い方はオークスに近い、筋肉と闘気でごり押しするタイプだ。ただ一つ差違があるとするなら残忍さだな」

「残忍さ?」

「相手がギブアップしても殴り続けるそうだ。だから対戦相手が中々決まらず、アリスとの試合も組めたのさ」

「…………」

「グレイブはアリスの顔をゴブリンに近づけてやると公言しているそうだぞ。恐ろしくなってきたか?」

「はい。怖いです。ですが――先生と一緒なら怖くないです」

アリスは手を組んで恐怖を振り払う。彼女の瞳には闘志が宿っていた。

「アリス、試合は三日後だ。それまでに一つ技を教えておく」

「技ですか?」

「この技は武闘家コルンが残した三大奥義の内の一つだ」

「伝説の武闘家の技……私に習得できるでしょうか?」

「できるさ。理解すればさほど難しい技ではないからな。まずは簡単な手本を見せる」

ニコラはアリスの手を取り、薬指の付け根の部分を押し込むように触る。すると彼女の手から闘気の膜が消える。

「せ、先生、いったい何を」

「敵の闘気放出を一時的に止めることができる。闘気外しと呼ばれる奥義だ」

「凄い、これなら……」

莫大な闘気量を保有している敵でも、その防御を突破することができる」

特にアリスは闘気量が少ないため、相手の防御を突破できる技を習得する価値は高い。

「この技はどのような仕組みなのですか？」

「それを話すには闘気の仕組みについて話す必要がある。アリスは普段放出している闘気がどんなものか知っているか？」

「身体能力や肉体強度を向上させるものですよね」

「その通りだ。では闘気はどこから生み出される」

「そ、それは……」

「答えはまだ学者の間でもでていないが、武闘家コルンは独自の理論でこう結論づけた。筋肉と筋肉の隙間に闘気を放つ孔があり、そこから噴出された闘気を筋肉が吸い込むことで、肉体の働きが活性化しているのではないかとな」

「つまりはその孔を潰し、闘気の出口を塞げば――」

「相手の闘気放出を止めることができる。もっともこの孔は時間が立つと元に戻る性質があるらしくてな。闘気放出を止められるのは一定時間だけだと覚えておけ」

「無敵の技ではないということですね」

「そうだ。それにこの技は相手の闘気放出孔を潰さないといけない。矛盾するようだが、相手の闘気の防御を一度は越える必要があるんだ」

「それでも使い道は大いにあります」

アリスは奥義の修行を開始する。彼女はまた最強の道を一歩進み始めた。

◆

三日後、とうとうアリスの初戦の日がやってきた。決戦の舞台へと向かうため、ニコラたちは対戦相手が待つ場所へと向かう。

「ケルンさんが使っていた闘技場は使わないいんですね」

「あそこはパフォーマンスのために用意した特設会場だからな。もう取り壊されたそうだ。それに闘技者の数は多いんだ。あそこだけだとすべてを捌けないだろ」

「ですね」

たどり着いたのは都市の外れにある移動魔方陣だ。設置するのに時間と高額な費用がかかる魔方陣が十数個並んでおり、国王戦にかけられたリソースの多さが察せられる。魔方陣の前には闘技者たちが列をなし、闘いの舞台へ赴くのを心待ちにしていた。

「皆さんどこへ移動しているのでしょうか？」

「闘技者の希望次第で変わるそうだぞ」

闘いの舞台は荒野や草原や森、もちろんオーソドックスなリングでの決闘になることもある。

「今回は相手の希望がリングだからな。地形による優位性はほとんどない」

「それはつまり私相手なら真っ向勝負で闘うのが一番勝率が高いと思われているのですね」

「そういうことだな。ただ言うまでもないが、舐められているのはラッキーだぞ。相手の油断を誘えるからな」

「はい、先生」

並んでいた列が進み、とうとうアリスの番が回ってくる。彼女は対戦相手が待つ場所を魔方陣の傍に立つ魔法使いに告げる。

「では行ってきます」

「必ず勝ってこい」

「はい！」

淡い光に包まれたアリスが浮遊感を覚えると、目に映る光景ががらりと変わる。ただリングが置かれただけの空間に、ポツリと人相の悪いダークエルフが立っている。腕は太く丸太のようである。

「あなたがグレイブさんですか？」

「そうだぜ、エルフの姫様。今日はその顔をグチャグチャにしてやるからな。覚悟しろよ」

グレイブとアリスはリングへと上る。二人がリングで相対すると、彼は待ちきれないのか、体から好戦的な闘気を放った。応えるようにアリスも闘気を放つ。

「俺から行くぞ！」

グレイブは拳を振り上げ、アリスへと振り下ろす。闘気で加速された拳はアリスと比較にならないほど速いが、彼女はその拳を躱す。それは彼女が闘気のすべてを脚に集中しているからこそなせる技であった。

「逃げてばかりじゃ、勝てねぇぞ」

グレイブの両腕両足を使った連打をアリスは紙一重でかわし続ける。もし彼女が見切るのを少しでも誤れば、すぐにでも試合に決着がついてしまう。そんな緊張感の中、彼女はただ時が来るまで耐えた。

「はぁ、はぁ、そろそろ諦めて俺に殴られろ」

グレイブは何度も連打を続けたことで息を荒げていた。彼はスタミナに弱点があり、それをアリスが把握していたからこそ、ひたすらに拳を躱し続けていたのだ。

「あなた、私の顔をゴブリンのように変えると言いましたよね」

「それがどうした？」

「あなたのパンチは一発も私に命中していませんよ」

「ぐっ！　なら今度こそ当ててやるよ！」

アリスの挑発にイラつきを覚えたグレイブは、全身を覆う鎧の闘気を腕に集中して拳を振り上げた。この瞬間こそアリスが待ち望んでいた瞬間であった。

アリスはグレイブの懐に入ると、腕に闘気を溜めて、彼の脇腹に拳を打ち込んだ。

「これで私の勝ちです」

グレイブが普段全身を覆っている強固な闘気は、アリスでは貫くことができない。しかし腕に闘気を集中しているせいで、身を守る闘気が薄まっている今なら、彼女の拳でもダメージを与えることができる。

「豆鉄砲みたいな攻撃で勝負が決まったつもりか。俺にダメージはない――なんだこれは！」

グレイブはアリスに殴られた箇所を確認する。傷は青痣ができているくらいでたいしたダメージはない。だが彼の脇腹には異変が起きていた。身体を守るための闘気が消えていたのである。

「油断大敵ですよ」

困惑するグレイブを見逃すアリスではない。彼女は再びグレイブの間合いに入ると、拳に闘気を込めて、先ほど殴った箇所と同じ箇所に拳を打ち込む。先ほどとは異なり、闘気の防御がゼロになった状態への打撃は、グレイブの筋肉を穿ち、彼を吹き飛ばした。

グレイブはリングを二転三転と転がり、口から血を流している。今度の打撃は青痣だけでは済んでいない。確実に骨が二、三本折れていることが見て取れた。

「な、なにをした……なぜ俺は敗れる……」

「あなたは幾つかミスを犯しました。その中でも一番のミスは、私の顔を潰すと宣言したこと。フェイクとして使うならともかく、本当に狙うならただの馬鹿です」

「…………」

「私はあなたの体力を落とし、最後の決めの一撃を待っていました。顔を潰すような一撃です。必ず隙ができると読んでいました。事実、あなたは拳を振り上げてくれた」

「…………」

「もしあなたが闘気を温存し、クレバーな闘い方をしていたなら、私はきっと勝てなかったでしょう。私の勝利はあなたの油断のおかげです」

「……俺の負けだ」

「ありがとうございます。私の勝利です！」

アリスは勝利したと名乗りを上げる。エルフ領の王座へと最初の一歩を踏み出したのだ。

◆

「先生、勝ちましたよ！」

魔方陣でエルフリアの都市へと戻ったアリスはニコラと喜びを分かち合うため、彼の元へと駆け寄った。

「見ていたぞ、良い闘いだった」

「えへへ、先生に褒められると、やっぱり嬉しいです」

「お世辞じゃないぞ。対戦相手を開始三分以内に倒してくれただろ。それもありがたい」

「どうしてですか？」

「実はな。アリスが三分以内に勝利するに賭けていた金が一万倍になって返ってきたんだ」

「え！　本当ですか！」

「本当さ。おそらくアリスの攻撃力だとグレイブの装甲を打ち抜くのは不可能だと思われていたんだろうな」

加えてアリスの知名度がチケット購入者を増やしたことも大きく影響していた。大勢の人間がグレイブの勝利に賭けていたため、この勝ち金を得られたといえる。

「これだけの金があれば、ランキング八位とも闘えるかもな」

ニコラは八位の男が下位ランクの闘技者とも試合をするという情報を得ていた。すべては金次第。金さえ払えば闘える存在は、ニコラにとって渡りに船である。

「八位。どれだけの実力者なのでしょうか」

「水晶で過去の闘いの映像を見た上で判断すると、俺なら指一本で倒せる相手だが、アリスと比べると遥(はる)かに格上だ」

「遥かにですか……」

「闘気量や実戦経験を踏まえると、勝ち目はゼロに近い。特に闘気量に絶望的な差がある」

「ならどうすれば……」

「本戦へと進む闘技者が確定するのは、今から一カ月先だ。つまり選手が確定する直前まで、アリスには修行する時間があるわけだ」

「修行ですか……しかし一カ月で効果があるのでしょうか？」

「名案を思いついたからな」

「名案ですか？」

「以前モンスターを倒すと闘気が増えると話したな。アリスも気づいていると思うが闘技者を倒しても闘気量は増えるんだ。その性質を利用する」

「まさか……」

　アリスは浮かんだ考えを振り払おうとするが、ニコラのいたずら好きの子供のような表情を見て悟る。

「アリスには一〇〇人の闘技者たちを一度に相手にしてもらう」

「嫌な予感はしていましたが、そんなことできませんよ」

「できるさ。ランキング上位の者が下位の者と試合する時、ルールを定めることができる。ここでアリスの持つランキング一〇〇位が役に立つ。一〇〇位付近の奴だと負ける可能性もあるからな。一〇〇〇位から一〇〇〇〇位くらいまでの格下を集めて、全員で殴りあい、最後まで残った奴が勝者というルールを定めるんだ。アリスを倒そうと雑魚どもが群がってくる。きっと楽しいことになるぞ～」

「楽しくありませんよ！」

「でも修行には最高だろ。一〇〇人の闘技者を倒すんだ。得られる闘気は普通に修行するより何倍も効果がある」

「そうですよね。一〇〇人も倒せば――」

「あ、一度に一〇〇人だぞ」

「え？」

「だから話しただろ。トーナメントまでは時間があるんだ。一日一〇〇人ぶっ飛ばすのをノルマにして、一カ月だから約三〇〇〇人だ」

「さ、三〇〇〇人……」

「それと言うまでもないことだが油断するなよ。ダンジョンとは違うからな」

モンスターは特定の攻撃しかしてこないため、慣れると対処方法も明確になる。だが闘技者は一人一人が異なる能力を持ち、異なる攻撃パターンを有している。

「ランキング一〇〇位を欲しい奴は大勢いるからな。募集したらすぐに試合ができるだろ。善は急げだ」

アリスが強くなるための地獄の一カ月間が始まる。彼女はただニコラの教えを信じ、闘いに身を投じるのだった。

◆

一カ月が経過し、三〇〇〇人との地獄の特訓を終えたアリスは、とうとうランキング八位との闘いを迎えようとしていた。

「この一カ月、本当に頑張ったな」

「うぅっ……本当に大変でした。何度も殺されそうになりましたし、何度も痛い思いをしました。ですが私は成し遂げました！」

「おめでとう。今のアリスの闘気量は一般人を遥かに超えて、冒険者ならランクC相当だ」

冒険者のランクCは中堅クラスに位置する。もう誰もアリスを貧弱と呼ぶ者はいないだろう。

「だがその成果も今日発揮できなければ意味はない」

「必ず勝ちます」

「その意気や良し。ではランキング八位の情報を伝えておく」

ニコラはランキング八位の男についてのメモ書きと、何かが詰まった革袋をアリスに渡す。

「メモは分かりますが、この袋は？」

「今回の秘策だ。それよりもまずは情報だ。相手の名前はアレク。弓使いのアレクだ」

「知っています。ハイエルフの傭兵部隊にいた人ですね」

「本来、弓や銃火器のような身体から離れる武器は闘気の鎧に劣るため使われることはない。だがアレクは特殊でな。肉体と同等の闘気を矢に込めることができるそうだ」

闘気に反応する特殊な材質の剣や矢を使えば、込めた闘気量だけ武器の性能を向上させることができるが、肉体と比べて、武器は闘気を集めることが難しい。特に矢のような身体から放れる武器は、相手に命中するまでに闘気が発散するため、命中する頃にはただの矢と成り果ててしまう。

だが中にはアレクのように矢に込めた闘気を発散させずに留めることで、相手の身体を貫くほどの威力を発揮できる者がいる。

「弓使いのアレクさん。初めて闘うタイプですね」

「性格も厄介でな。ただでさえ岩をも貫く矢を使うくせに、鏃に麻痺毒を仕込んでいる。だから少しでも掠めるとアウトだ」

「え、毒の使用はセーフなんですか？」

「当然だろ。国王戦の勝者は国の統治者として他国と戦争することもある。そうなったときに、毒は卑怯だと口にしても言い訳にしかならない。負けた奴が悪い」

「…………」

「それに一流の武闘家なら毒矢で身体を貫かれるようなへまはしない。アリスも一流の武闘家を目指すのなら覚えておけ」

「はい」

「それに毒に頼ると、痛い目にあうこともある。それを今回の作戦で証明してやる」

ニコラはアレクに対する必勝の策をアリスに授ける。彼女は策を耳にして必勝の確信を得た。

◆

弓使いのアレクと闘うためアリスは魔方陣で別の場所へと送られる。到着した場所はアリスの身長の数倍の高さがある木々が生い茂る森の中だった。日光が葉に当たり、地面に揺らめくような影が描かれていた。

「このステージもアレクさんの指定でしたね」

決闘ルールの決定権はランキング上位者にある。この特典があるが故に、少しでも勝負を有利に進めるため、決勝トーナメントに出場できる最低ランクの八位で満足せずに、より上位のランクを目指す意義が生まれる。特に追加できる決闘ルールの中でも闘う場所の指定は、戦略を事前に練(ね)られることからも、勝敗を左右する大きな要因になる。

「これほど視界が悪いと、遠距離から攻撃できるアレクさんを発見するのは難しいですね」

弓使いは自分の居場所を隠しながら闘う。もしこれが開けた荒野なら、すぐにアレクの居場所を察知できただろう。

「まずは探しますか」

アリスはアレクの姿を求めて森の中を散策する。葉が影になり、暑さを感じないおかげで、体力の消耗は最低限に抑えられていた。

「見つかりませんねぇ」

アリスは探し回ってもアレクの姿を見つけられないことに落胆していた。だがその落胆は彼女に矢が飛んできたことですぐに吹き飛んだ。アリスは奇跡的な反射神経で躱し、矢が放たれた方角に視線を向けた。

「あちらですね」

アリスは全身で闘気の鎧を作り、その場を駆け出した。向かってくるアリスを迎撃する矢が何本も飛んでくるが、それらすべてを彼女は闘気ではじき返した。傷一つすらついていない。

「見つけました」

森を進んだ先にある大木に、アレクの姿があった。ハイエルフのアレクは身体を隠すために、肌を緑の塗料で塗っていた。

「あんた、本当に姫様か？」

「そうですよ」

「短い間に随分と闘気量を増やしたな。どんな手品だ？」

「努力です」

「……教えたくないならいいさ。それにしても困ったな。まさか俺の矢が刺さらないほどの闘気とはな」

アレクは大木から飛び降りると、弓を捨てて両手を上げた。

「降参ですか？」

「分かるだろ……それくらい……」

降参を口にしないアレクに、アリスは疑いの目を向ける。彼の仕草や闘気から怪しい箇所がないかを確認する。

「アレクさん、随分と闘気量が少ないのですね」

「降参の意思の表れさ」

「本気の闘気を出してみてください」

「……どうしてだ？」

「ハイエルフの傭兵部隊では分身魔法を習うそうですね。そして分身は本体の十分の一以下の闘気しか出せません」

「俺を分身だと疑っているわけだ。それは——大正解だよ」

アレクの分身が全身に闘気を込めてアリスへと駆けだす。弱々しい闘気は以前のアリス以下である。彼女は向かってくる敵を倒すために、反撃の拳を振るう。拳は闘気を貫いてアレクを吹き飛ばす。彼は地面を転がると、魔力の光になって消えた。

「本物のアレクさんはどこに――」

アリスがアレクの分身を倒したことに気を緩めた時、彼女を殺すための一撃が矢となって放たれた。彼女は直撃だけは避けようと身体を捻る。矢はアリスの闘気を貫き、身体をかすめて傷痕を残した。

「あ、あれ……」

アリスは突然倒れこむ。意識が朦朧とする中で人が近づいてくる気配を感じた。

「予想以上に手こずったな」

「あ、あなたは……」

「本体さ。なんなら証拠を見せてやるよ」

アレクは全身から闘気を放つ。冒険者ならCランク相当のアリスに匹敵する闘気量だった。

「まさか奥の手を使うことになるとはな」

「い、今のが奥の手ですか？」

「そうさ。人は攻撃する瞬間、必ず闘気を攻めに利用するからな。その分、防御に割く闘気量が減る。そこを俺の矢で貫くのさ」

「……あ、あなた……」

「おっと、麻痺毒が回ってきたな。そろそろ意識を失う。目を覚ましたら敗北しているから楽しみにしていろ」

アレクは勝利の美酒に酔いしれるように高らかに笑う。だが笑っているのは彼だけでなかった。地面に伏せているアリスも口角を吊り上げていた。彼女はアレクの意識が自分から遠ざかり油断しているのを確認する。

「油断大敵です！」

アリスは立ち上がると、油断しているアレクの顔に拳を叩き込む。人は油断していると闘気の鎧が薄くなる。麻痺で無力化していると思っていたアリスの奇襲攻撃を受けたアレクは、背後の大木へと吹き飛ばされた。

「ば、馬鹿な……なぜ動ける……」

「あなたは麻痺毒を多用しすぎです。なら対策を立てるのも容易です」

アリスはニコラから渡された革袋を取り出し、中にある解毒薬をアレクに見せる。アリスは矢がかすった瞬間に、解毒剤を服用していたのだ。

「身体の自由が利かないと思い込んだあなたは油断して私に近づいてきました。そんなあなたに不意打ちをしかけるのは容易でしたよ」

「ひ、卑怯者……」

「麻痺毒を使うような人に言われたくありませんよ」

アレクは受けたダメージが大きいのか気を失う。アリスは勝利の喜びを噛みしめるように、拳を握りしめた。

◆

決勝トーナメントへの出場者が出揃った。その知らせはエルフ領全土に知れ渡り、人々の話題はそれ一色に染まった。

当然、出場者が決まったことをニコラたちも耳にしていた。ニコラとアリスの二人は、集めた出場者の情報を精査するため、宿屋に引きこもっていた。

「決定した八人は概ね予想通りですね」

出場者はケルンを含めた有力候補が名を連ねていた。名前が知れ渡っていた強者が多く、緊張で彼女は手を握りしめる。

「おい、ジェイの奴が出ているじゃねぇか！」

「ジェイさんですか……確か、私たちと同じく出場者決定ギリギリにランキング七位に昇格した人ですよね。知り合いなのですか？」

「俺が世界で一番嫌いな男だ」

「先生がそこまで言うなんて……」

「お前も知っている男だぞ。なんせ元勇者だからな」

「ええ！　この人、あの有名な勇者ジェイ様なのですか！　いえ、それよりも元とはいえ勇者様なのですから、さぞかしお強いのでしょうね」

「闘気を奪われて弱体化しているらしいが、それでもこいつは最強クラスの戦士だ。出場するのが反則みたいな奴だが、俺は出場してくれて嬉しいよ。ようやくこいつに復讐する機会が回ってきたんだからな」

ジェイはプライドの高い男だ。ニコラが直接制裁を下すよりも、弱そうに見えるアリスが倒す方が屈辱を与えることができる。絶好の機会に、彼の口元に笑みが浮かんだ。

「ジェイには絶対に勝て。どんな卑怯な手を使っても勝て」

「は、はい。いつも通り闘えということですね」

「いつも以上に卑怯に徹しろ。なんなら、あいつの食事に毒を混ぜちまえ。俺が許してやる」

「さ、さすがに、そんなことできませんよ」

アリスは手元のトーナメント表を眺め、ジェイと自分の位置を確認する。

「トーナメント表だと、勇者様と闘うのは準決勝になりそうですね」

「あいつは必ず準決勝まで昇ってくる。だからアリスも勝ち続けろ」

「そのためには一回戦に勝利しないといけませんね」

アリスはトーナメント表の一回戦の相手を確認する。ランキング二位のハイエルフで、かつて騎士団の団長を務めた男だった。

「この男を知っているか？」

「シュラさんですね。良く知っています。私の護衛役になることも多い人でしたから」

「勝てるか？」

「正面からぶつかれば勝機はないでしょう。ですので策を考えなければいけません」

アリスの知るシュラは、二本の剣を巧みに使いこなす男で、その華麗な剣捌きはエルフ領一の剣術とまでいわれていた。

「何か弱点はないのか？」

「弱点ではありませんが、シュラさんは双子のカルラさんと組んだ時に最も力を発揮すると聞きます。相手が一人で助かりました」

シュラとカルラの双子のコンビネーションは、お互いの心が読めるかのような連携を見せる。その技術が駆使されなかったのが幸いだったと、アリスは口にする。

「聞いた話を整理すると、相手は二刀流の剣士で、闘い方は王道で隙がないか」

「目に見えた弱点がない分、厄介ですね」

「作戦を練るためにも、アリスの武器が一つでも多く欲しいな。例の魔法は使いこなせるようになったか？」

アリスは首を横に振る。ニコラが訊ねた魔法とは、武闘イベントの賞品として手に入れた魔導書に刻まれていたものだ。

「なぜ賞品になっていたのか不思議なほどに強力な魔法だ。何とかトーナメントまでには使いこなせるようになりたいな」

「できると良いのですが……」

「珍しく弱気だな」

「実は東の魔法について調べてみたのですが、どうやら我々西側の魔法とは根本から異なるそうなのです」

「そこまで違うのか？」

「はい。西側の魔導書は読めば誰でも簡単に使いこなせる魔法が主なのですが、東側の魔法は習得してからの修練に時間がかかるものが多いそうで、才能がないと一年近く必要とする人もいるそうです」

「手軽さを失う代わりに、強力な力を得られたということか。ただ泣き言を言っても始まらない。修行あるのみだ」

「はい！」

アリスが東側の魔法を使いこなす修行を行う。その傍ら(かたわ)でニコラはシュラを倒すための策を思案し続けた。

◆

トーナメント初日。参加する闘技者たちが魔方陣で集められる。闘技場はアリスがグレイブと闘ったステージだった。闘技場には高価なリアルタイムに映像を配信する種類の水晶が設置され、エルフ領の臣民たちが、次の国王の誕生を見守っていた。

「ジェイの野郎、どこにいるんだ……」

闘技場へと招集されたニコラはかつての仲間の姿を探すが、その気配はない。それどころか闘技者は半分の四名しか揃っていなかった。

「今日は私の試合と、ケルンさんの試合の二試合だけだそうですから、ジェイさんは明日にならないと来ないですよ」

「そいつは残念だが仕方ない。アリスが勝ちあがればいずれ会うからな。それまでの楽しみにしておく」

アリスはニコラに苦笑で応えると、石造りのリングへと上る。他の三人の闘技者も釣られるように闘いの舞台へと降り立った。

「あれはもしかして……」

アリスがリングへ上ると、そこには先約の姿があった。それは漆黒（しっこく）の麗人（れいじん）サテラだ。黒色の髪を輝かせながら、優雅にリング中央に立っている。

「なぜ姉さんがここに……何か狙いでもあるのか」

ニコラは疑いの目でサテラを見つめていると、彼女は視線に気づいたのか、口角をわずかに上げて微笑んだ。

「皆様お待たせしました。国王戦トーナメント、いよいよ始まります。司会進行はシャノア学園の学園長、サテラが務めさせていただきます」

「え？」

「なぜシャノア学園がという疑問をお持ちの方もいらっしゃるでしょうから、お答えしましょう。シャノア学園とエルフ領は友好関係を築いてきました。それは先代の国王時代から紡がれてきた絆です。故に信頼できる公正な審判役として私が指名されたのです」

本当かよ、とニコラは訝しげな表情を浮かべるが、気にせずサテラは言葉を続ける。

「では本日の第一試合、注目のカード、二本の剣を華麗に操る騎士団長シュラ様と、最弱から成り上がり、今では立派な闘技者となったハイエルフの姫アリス様。二人の闘いが始まります。まずはシュラ様、意気込みをどうぞ」

「俺様が勝つ。そのための必勝の策もある」

「力強い言葉ありがとうございます。次はアリス様、よろしくお願いします」

「わ、私は、エルフの臣民のため、必ず勝ち抜き、皆が幸せに暮らせる国を作ります」

「お二人ともありがとうございます。ではシュラ様。ランキング上位者の特典、追加ルールをお願いします」

追加ルールを求められたシュラはニンマリと笑うと、「カルラ！」とリング下にいる弟の名前を呼ぶ。双子の兄弟だけあり、同じ顔をしたハイエルフが姿を現す。

「俺が追加するルールは二対二のタッグマッチだ」

「タッグマッチですか……」

アリスは困惑の表情を浮かべると、シュラはニコラに視線を向ける。その視線に応えるようにニコラもリングへと上る。

「俺たちは兄弟で参加する。そちらは師弟で参加しろ」

「本当に良いのですか？」

「いいさ。なにせこれが俺たちの必勝の策だからな」

双子のコンビネーションこそ、シュラの最大の切り札だった。その強みを活かさない手はないと、このルール追加を要望したのだ。

「話は聞かせて貰った。いいだろう、タッグマッチ。受けてやる」

「言質は取ったぞ。これで俺たち兄弟の勝利は確実だ」

シュラが高らかに笑うと、応えるようにニコラも笑った。互いが互いの勝利を確信している笑みだった。

みあった。

「馬鹿が。トラの尾を踏んだな」

ニコラの実力を知るケルンはシュラのルール追加を鼻で笑う。同様にサテラも嘲笑を浮かべた。

「ではタッグマッチで決定です！　他の方はリングから降りてください」

サテラの言葉を受けて、ケルンたちはリングを後にする。残されたニコラたちはお互いに睨みあった。

「アリス、お前は下がっていろ」

「先生、まさか一人で」

「この程度の雑魚なら触れずとも勝てると証明してやる」

ニコラの言葉にシュラは怒りの形相を浮かべて、二本の刀を抜く。陽光に照らされ、銀色に光る刃を振り上げ、切りかかろうと一歩前へ出た。その時である。

突如シュラの身体を悪寒が支配する。まるで獅子に睨まれた蛙のように、全身がガタガタと震えだし、歯はカチカチと五月蠅い音色を奏でる。

気づくとシュラの瞳には恐怖で涙が浮かんでいた。原因は明白だ。眼前のニコラが放つ殺意の込められた闘気に当てられ、本能が戦闘を拒絶しているが故の反応だった。

「どうだ、闘わないのか？」

「こ、降参だ。俺たち兄弟の負けだ」

「あ、兄貴！」

「馬鹿！　俺たちが勝てる相手じゃねえ！」

「なんだ。弟の方にも分からせてやらないといけないか」

　ニコラが闘気に殺意を乗せて、カルラへと向ける。突き刺さるような闘気に、生殺与奪を握られた感覚を覚えたカルラは膝をついて嘔吐した。圧倒的実力差故のいつでも気まぐれで殺されるという不安に、彼は正気を保つことができなかった。

「あ、兄貴に同意だ。降参する」

「いぇ～い、無傷で勝利だ」

　ニコラは水晶に向かって勝利を宣言する。エルフ領の臣民に、ニコラの顔が刻まれた瞬間だった。

◆

「相手が阿呆で助かったな」

　ニコラはアリスの初戦突破に笑みを浮かべる。しかしアリスはすべてニコラに任せてしまったことが釈然としないのか、曖昧な表情を浮かべていた。

「私、何もしていないのですが、本当に良いのでしょうか」

「タッグマッチは相手からの提案だ。アリスが気にすることではない。それにトーナメントは無傷で勝ち上がることが重要だ。ケルンの奴も分かっているようだぞ」

「え？」

ニコラがリングを見上げると、次の試合の勝敗はすでに決していた。勝者はダークエルフの長、ケルンだ。対戦相手のダークエルフは自分のリーダーを勝たせるために示し合わせたかのように棄権したのだ。

「ボスを勝たせるために国王になれるチャンスを捨てるんだ。ダークエルフたちの結束が固いことの証拠だな」

「ケルンさんは昔から人望がありましたからね」

「そういえば昔からの知り合いなのだったな。奴はなぜ革命を起こそうとしたんだ？　本当に復讐のためなのか？」

慈悲深い母親のおかげもあり、ケルンはハイエルフからも好かれていた。他のダークエルフたちのように不遇な目にあうこともなかったはずだ。現状に満足している人間は、改革を求めない。なぜ武力蜂起を起こしたのか、ニコラはそこにケルンを倒すヒントがある気がした。

「ケルンさんは仲間思いの人でしたから、彼自身が満足した人生を送っていたとしても、仲間の思いを汲んで革命を起こしたのかもしれません」

「仲間のため。そういう気持ちがあるのかもしれないが、俺はケルンから強い意志を感じるんだ。他の理由はないのか？」

「……確証はありませんが心当たりなら」

「聞かせてくれ」

「ケルンさんは生き別れた妹、つまりはイーリスのことを溺愛していました。だから彼は幼少の頃から大人になったら行方不明のイーリスを探すのだと常々口にしていました」

「それが革命にどう繋がるんだ？」

「これはあくまで推測ですが、ケルンさんは国王の地位を手に入れ、その力で探すつもりなのではないでしょうか」

「おいおい、いくらなんでもそんなこと……」

あまりに馬鹿げた理由だが、完全に否定することはできない。それはニコラが目的のためなら手段を選ばない性格だからこそ、他に方法がないなら自分もそうするかもと考えてしまったからだった。

「なぜケルンさんが革命を中断し、国王戦を開催したのか、思えば不思議でした」

「国王戦で勝ってハイエルフの残党に新国王を納得させるためだろう」

王位を簒奪するより、国王戦というルールに則り、王座を決める方が皆の納得を得やすい。

ニコラはそれこそがケルンの狙いだと読んでいた。

「そういった狙いもあるかもしれませんが、私はイーリスを探すために、国王戦という目立つイベントを開催したのではないかと考えています」

「ケルンと闘うとしたら決勝戦だったな……もしケルンが決勝まで勝ち上がってくるなら、その情報使えるかもな」

「まさか、先生……」

アリスはニコラが何を考えているのか察する。それは悪魔のような戦術だが、勝率が大きく上がったと、ニコラは口角を吊り上げて笑うのだった。

◆

闘いから数日後、ニコラたちは宿屋で準決勝に向けての準備を進めていた。部屋の中には選手の資料が散らかっている。

「いよいよだな」

「ですね」

ニコラとアリスはこれから始まる元勇者ジェイの闘いを水晶で観戦していた。ジェイに勝ち上がって欲しいニコラは当然だとして、この試合の勝者が準決勝の相手になるため、アリスにとっても重要な対戦である。

「間違いなくジェイが勝つだろうが、この試合で奴の弱点が分かるかもしれない」

「元勇者様の弱点ですか……」

「ケルンのときのように、人は弱点を突かれると脆くなる。ジェイと正攻法で闘うのはあまりに無謀だ。策を弄さないとな」

ニコラは水晶の映像を食い入るように見つめる。リングにはジェイと対戦相手の姿がある。鎧で武装する金髪のジェイと、腰から刀を提げる黒髪の剣士。対照的な二人が互いに睨みあっている。

「対戦相手はオロチさんという剣士で、東側の国を旅していたそうですよ」

「オロチ……どこかで聞いたことがある名前だ。顔を見れば思い出せると思うのだが……」

ニコラは水晶に映るオロチを見つめる。オロチは顔を鬼の仮面で隠していた。しかし身体から滲み出る闘気や雰囲気が、男がただものではないと告げていた。

「そういやオロチは耳が尖っていないな。ジェイもそうだが、人間がどうやってエルフ領の市民権を得たのだろうな」

「元勇者様は分かりませんが、オロチさんはケルンさんの師匠だそうですから、その繋がりで市民権を手に入れたのだと思います」

「ケルンの師匠か……相手がジェイでなければ、準決勝の相手はこいつだったかもな」

ニコラの言葉に応えるように、水晶の中のジェイは不敵な笑みを浮かべると、全身から闘気を放った。ニコラが知る頃のジェイと比べると遥かに弱々しい闘気だった。

「あいつも弱くなったものだ。贔屓目に見ても冒険者ランクAの下位だな」

「それでも私よりは強いですよね？」

「間違いなくな。闘気量こそ弱体化したが、戦闘のセンスは今も衰えていないだろうからな」

闘気量は確かに強さの要因だが、闘気だけで強さのすべてが決まるわけではない。ジェイは魔人たちとの闘いで得た経験を持っている。どんな相手にも対応できる柔軟性が彼の強みだ。

「始まるぞ」

ジェイは剣を抜いて駆ける。脚に闘気を集中し爆発的な脚力を生み出した動きは、目にも留まらぬ速さであり、並みの闘技者では目で追うこともできない。

ジェイの機先を制する一撃で勝負が決まる。誰もがそう思った。だがジェイの放った一撃は、まるですり抜けたかのように空振りで終わる。次の瞬間、ジェイは膝をついて倒れこんでいた。

「な、何が起こったのですか？」

「躱したんだ」

「ですがオロチさんに避けるような動きはありませんでしたよ」

「魔法で避けたんだ。そしてかわしざまに一撃叩き込んだ」

ニコラはオロチが何をしたのか、すべて目にしていた。彼は身体を実体のない霧のようなものに変化させ、ジェイの攻撃をかわしたのである。

「身体を霧に変える魔法。それは私が手に入れた魔導書の――」

「間違いなく同じ種類の魔法だ」

ニコラは闘いの様子を息を呑んで見つめる。これは準決勝の相手が変わるかもしれないと考えるようになっていた。

「元勇者様は立つでしょうか？」

「立つさ。奴はそういう男だ」

ニコラの予言どおり、ジェイは立ち上がり、再び剣を構えるが、全身を覆う闘気が乱れており、かなりのダメージを負っていることが窺われた。

「奴は粘り強い男だ。こんな簡単に負け――」

ニコラがそう口にした瞬間、ジェイは胸元から血を噴出して倒れた。血の池に染まっていく彼の姿は、敗北者そのものであった。

「せ、先生、いったい何が起きたのですか？」

「斬ったんだ」

「でもオロチさんは動いていませんよ」

「魔法の刃とでもいえばいいのか。魔力の刃がジェイの身体を切り裂いた」

「ま、魔力の刃……」

「厄介だぞ。魔力の刃はジェイの闘気の鎧を斬ることができた。魔力の刃だけでそんな威力を生み出すことは不可能だ。つまり奴は不可視の剣に闘気を宿せるということだ」

「そんな相手にどのようにして勝てば……」

アリスは不安げな表情を見せる。勝つと予想していた元勇者が敗れたことが、その不安を増長させていた。

「復讐は別の機会に延期になったが仕方ない。オロチを倒すための策を考えるぞ」

「はい、先生！」

ニコラたちは準決勝の準備を進める。彼の頭の中は復讐よりも弟子を勝たせることで一杯になっていた。

◆

試合に敗北したジェイは治癒魔法による治療で命を取り留めたが、彼の目的であった試合でのニコラとの再会が果たせなくなり、失意の表情を浮かべて、町中を彷徨っていた。

「そろそろ元気出しなさいよ」

隣を歩くメアリーがジェイに励ましの言葉を送ると、彼は大きくため息を吐く。

「メアリーは悔しくないのか？　折角の勇者パーティ再結成のチャンスを潰されたんだぞ」

「悔しいわ。けれど負けたのだから仕方ないわよ。他の方法で師匠の信頼を取り戻さないと」

「どうやって取り戻すつもりだよ」

「私に考えがあるの」

メアリーはどうすればニコラの役に立てるのかを考え、彼女なりの結論にたどり着いていた。

「師匠は弟子を勝たせたいはず。ならオロチの情報を伝えればいいのよ」

「情報とはいうが、俺たちはオロチについて何も知らないんだぜ」

「いいえ。知っているわ。オロチは東側の魔法を使うけど、その特性は世間に広まっていないわ。けれど私はサイゼ王国一の魔法使いとまで称された女よ。東側の魔法についての特性も把握(はあく)しているわ」

「おおっ！」

「だから私は師匠に情報を伝えに行く。ジェイも一緒に来るわよね」

「いいや、俺は行かない」

ジェイは首を横に振る。予想外の返答に、メアリーは戸惑いを見せる。

「なぜ？　仲良くなれるかもしれないのよ」

「こう見えても俺は元勇者だ。プライドもある。無様な負けっぷりを見せた後に会うのは、やはり気が引ける。だから俺の代わりにこれを渡しておいてくれ」

ジェイは懐(ふところ)から革袋を取り出し、それをメアリーに手渡す。受け取った彼女は不審げに、革袋を見つめる。

「なにこれ？」

「人からの貰(もら)い物でな、魔力と闘気を爆発的に増大させ、全身に負った傷を瞬時に治療する薬だそうだ。ただし副作用として一分後に闘気量が極端に低下するらしいがな」

「……その人は信頼できるの？　いいえ、それよりも毒の心配はないの？」

「薬師に調べて貰ったが、聞いたとおりの効能だそうだ。上手く使えばニコラの役に立つこともできるだろう」

「分かった。師匠に渡しておくわ」

　メアリーはジェイを置いて、その場を後にしようとする。その背中を名残惜しそうにジェイが見つめる。何かを伝えようと口を開いては閉じを繰り返し、意を決したのか、彼はメアリーを呼び止める。

「あ、あのよ」

「どうかしたの？」

「……俺が謝っていたとニコラに伝えておいてくれないか」

「…………」

「本当に後悔しているんだ。許して貰えるとは思わないが、気持ちだけは伝えておきたくてな」

「必ず伝えるわ。約束する」

　メアリーは笑みを浮かべると、ニコラの元へと向かった。その背中を見つめるジェイの表情から失意の色は消えていた。

◆

メアリーが再びニコラたちの拠点としている宿屋に訪れると、水晶に映る映像を真剣に見つめる二人の姿があった。

「メアリーか……」

部屋を訪れたメアリーの顔を見たニコラは嫌悪を滲ませた表情を浮かべる。強い拒否反応にメアリーは踵(きびす)を返そうかとも思ったが、ニコラのためだと何とか踏みとどまる。

「あ、あの……わ、私……」

「……何をしにきた？」

「師匠の役に立つために来ました！」

メアリーが頭を下げると、ニコラはため息を漏(も)らす。彼女はゴクリと息を呑むと、足を前に踏み出した。

「役に立つとはどういうことだ？」

「オロチが使う魔法について助言させてください」

「……なにか知っているのか？」

ニコラはオロチの身体(からだ)を霧に変える魔法の弱点がないかを調査していたが、求めている結果に中々辿り着けなかった。そのためメアリーの知識は、彼が喉から手が出るほどに欲している情報だった。

「私は東側の魔法使いに知り合いがいます。オロチが使用する魔法に関しても、心当たりがあります」

「だが俺はメアリーのことを信頼していない。嘘の情報を握らされて、罠に嵌められるリスクもある。悪いが帰ってくれ」

「で、でも、師匠の役に立ちたいんです……」

「もう一度言うぞ、帰れっ！」

　ニコラが強い言葉で拒絶すると、メアリーはしゅんとした態度で踵を返そうとする。そんな彼女をアリスが呼び止める。

「待ってください。あなたはサイゼ王国一の魔法使い、メアリーさんですよね」

「あなたは……エルフのお姫様ですよね」

「アリスと申します」

「……私に何か御用ですか？」

「メアリーさんの先生の役に立ちたいという気持ち、私には嘘に思えません」

　アリスはメアリーの顔をじっと見つめる。心の奥底まで見透かすような視線に、メアリーはゴクリと息を呑む。

「アリス、メアリーは信頼できない奴だ」

「いいえ、信頼できます。メアリーさんは少なくとも敵ではありません。根拠もあります」

「根拠？」

「はい。もしメアリーさんが先生や私に不利益を与えたいなら、偽の情報を与えるより、私を闇討ち（やみう）した方が早いです。なにせ私の実力ではメアリーさんに及ばないでしょうから」

「それはそうだが……」

　メアリーはサイゼ王国一の魔法使いとまで呼ばれた力を有している。遠距離から強大な魔法を打ち込めば、アリス一人を亡き者にすることも容易だ。

「しかし俺も信頼できない根拠があるぞ。なにせ背後から襲われたからな」

「ええ。ですから信頼できる根拠と信頼できない根拠、どちらが勝っているか分からない状況です。先生は不確定な状況では情報こそ力になると教えてくれました。オロチさんに勝利する可能性を少しでも上げるためにも、話だけでも聞いてみましょう」

「……話だけだからな」

「ということなのでメアリーさん、よろしくお願いします」

「師匠、本当に、私を許してくれるのですか？」

「許すとは言っていない。話を聞くだけだ」

「いまの私にはそれだけで十分です」

メアリーは部屋の中央に置かれたテーブルに、懐から取り出した水晶を置く。ニコラとアリスは食い入るように水晶を見つめる。

「これは私の知人の魔法使いが模擬戦をした時の映像です」

水晶には黒い外套姿の男が身体を霧に変え、敵の剣士の攻撃を躱す映像が映し出されていた。最初は無敵とも思われた魔法使いが攻勢だったが、時間が経つにつれて劣勢に陥る。最後には身体を霧へと変えることなく、試合を投了した。

「オロチが使用していた身体を霧に変える魔法と同じだな」

「東側の魔法の一種に、身体を一時的に別のものへと置き換えるものがあります。それは光や霧など、置き換わるものは多岐にわたり、この力が発動している間に受けたダメージは本体へと通りません」

「だが弱点があるんだな」

「はい。この魔法は燃費が悪いのです」

肉体を別のものへと置き換え、再び元の姿へと復元する。これは一流の魔法使いでも何度も発動できる力ではない。それこそ王国一の魔法使いと呼ばれたメアリーでさえ使用できる回数は限られていた。

「さらにこの魔法は意識している間しか発動しません」

「つまり奇襲に対して無防備ということか」

　ニコラが得意とする卑怯な戦術は、身体を霧に変える魔法の対策になりうるということが分かり、彼は頰を緩める。脳裏にはすでにいくつもの対策方法が浮かび始めていた。

「私が知っている東側の魔法に関する情報は以上です」

「ありがとう。多少は役に立った。もう済んだろ、悪いが部屋から出ていってくれ」

「……わ、分かりました。出ていきます。ただ最後にジェイからこれを師匠に渡して欲しいと」

「ジェイが……」

「はい。一時的ですが爆発的に強くなれる薬だそうです」

「どうせ毒だろ」

「いいえ、私も効能を調べましたが、毒ではありません、聞いた通りの効能でした」

　メアリーはジェイから聞いた薬の効能について説明する。話を聞くにつれて、アリスは喜色の色を、ニコラは怪訝の色を表情に浮かべた。

「師匠に使って欲しいそうです。それと悪かったと伝えて欲しいと」

「……許すつもりはないし、俺はまだジェイやメアリーを信頼していない。俺の方でも薬師に調べてもらう。それでもいいなら薬はありがたく受け取っておく」

　ニコラは悔しそうな表情を浮かべながら薬の入った革袋を受け取る。メアリーは目的を果たせたことに安心したのか、ほっと息を漏らした。

「では私はこれで……」

「メアリーさん！　待ってください」

「どうかしたのですか？」

「メアリーさんさえよければ私に魔法を教えてくれませんか？」

アリスは手に入れた魔導書の魔法を使いこなせずに苦労していた。王国一の魔法使いに聞けば何か分かるのではないかと、期待の眼差しを向ける。

「実は私も東側の魔法を使えるんです」

アリスは肉体を魔力の粒子に変えて、一瞬姿を消すが、すぐに元通りの姿に戻ってしまう。オロチの身体を霧に変える魔法と同系統の魔法だった。

「私の魔法は持続時間が短く、このままでは試合で使えません。どうか私に魔法を教えて頂けないでしょうか？」

「おい、アリス！　俺は反対だぞ」

「でも先生、私はこのままではオロチさんに勝てません。先生はいつも言っていますよね。勝つためには手段を選ぶなと。これが私なりの卑怯です」

「…………」

「メアリーさん、お願いします」

「師匠がいいなら……」

ニコラの中で弟子の願いを叶えてやりたいという気持ちと、メアリーを憎む気持ちが揺れ動

いた。彼の葛藤は表情にも現れ、悔しそうに奥歯を噛みしめていた。

「……好きにしろ」

「はい、好きにします」

アリスはメアリーとニコラの手を引くと、二人の手を無理矢理に握らせる。仲直りの握手だと、アリスは二人の手を包み込むように手をかぶせた。メアリーとアリスは嬉しそうに笑う。ニコラだけがムスッとした顔で手を握りしめていた。

◆

メアリーとの修行を開始してから数日後、とうとう準決勝の日がやってきた。闘技場にアリスの姿はない。試合直前まで休ませてやりたいというニコラの配慮だった。

「ケルン、お前も結果が気になるんだな」

闘技場には先約の姿があった。イーリスの兄であり、ダークエルフの長でもあるケルンである。

「師匠が出るからな。見ないわけにはいくまい」

「オロチか……奴はいったい何者なんだ？　俺と比べれば雑魚だが、ジェイをあっさりと倒したのは正直驚いたぞ」

「……聞いていないのか？」

「ん？　なんのことだ？」

「いいや。知らないならいい。俺が正体を明かしてもいいが、あの人は茶目っ気のある人だからな。隠しているということは、お前を驚かせたいのだろう」

ケルンは含みを持たせた笑みを浮かべると、ニコラの前から立ち去る。入れ替わるように主役のアリスが到着する。

「先生、お待たせしました」

「休息は十分に摂れたか？」

「はい。おかげで闘気も安定しています」

闘気の安定性は体調に依存して変わる。今日のアリスは、体調が良いおかげもあってか、乱れの少ない力強い闘気を放っていた。

「オロチも到着したようだぞ」

和服姿の剣士、鬼の仮面を被ったオロチが姿を現す。彼もまた調子が良いのか、ジェイと闘った時より闘気の威圧感が増していた。

「オロチ……」

「ニコラくん、まさか君とこんな場所で再開するとはね」

「俺のことを知っているのか……」

「声を変える魔法を使っているから気づかないか……元の声で話せば、僕が誰だか分かるかな」

オロチの声が高い音から低い音に変わる。ニコラはそんな彼の声に聞き覚えがあった。声と脳に記憶されている顔が結びつき、霧が晴れるように徐々に鮮明になる。そしてニコラは彼の正体に辿(たど)り着いた。

「叔父(おじ)さんっ！」

「久しぶりだね」

オロチは鬼の仮面を外して、顔を露わにする。黒髪黒目の整った顔立ちは、サテラやニコラの面影(おもかげ)を感じさせた。

「どうして叔父さんがここにいるんだ？」

「いや～話すと長くなるんだがね。かいつまんで話すと、僕が東側の国を旅して帰ってきた後、弟子を何人か取ってね。その内の一人、ケルンくんが国王戦なるものに参加するというじゃないか。こんな面白そうなお祭り、外から見ているだけだとつまらないだろ。だから参加したんだ」

「……姉さんはずっと叔父さんのことを心配していたぞ」

「我が娘ながら優しい子だからね。けれど僕にだって言い分がある。ニコラくんにしろ、サテラちゃんにしろ、僕の正体になぜ気づかないんだい！　ニコラくんなんて、ダンジョンでばったり出会ったのに気付いてくれないなんて酷いじゃないか」

「ダンジョンで会った姉さんの偽物は叔父さんだったのか……」

　ニコラはダンジョンでの修行中にサテラの姿をした誰かと出会ったことを思い出す。冷静になって考えれば、私有地のダンジョンでばったりと遭遇する可能性があるのは、サテラ本人と家主であるオロチの二人だけだ。

「本当、薄情だよ、ニコラくんは……」

「そもそも、そんなに気づかれたいなら、なぜ声を変えたり、仮面で顔を隠したり、偽名を使ったりしたんだ？　本名のチルダで登録していれば、俺もすぐに気づいたぞ」

　オロチの本名はオーロリー家のチルダであり、オロチという名は、本名を改変したモノだった。故にニコラも聞き覚えのある名前だと、モヤモヤとした印象を抱いていたのだ。

「そんなの簡単さ。可愛いサテラちゃんやニコラくんに、愛の力で僕の正体を見抜いてもらいたかったのさ。それに僕が出場していることがバレると、ファンが集まってくるだろ。こう見えても有名人なのでね」

「さすがは世界で五本の指に入る冒険者様だ」

「それに自由気ままな旅人をしているのに、僕の居所を知られてはサイゼ王国に連れ戻されるかもしれないだろ。僕はまだまだ若い。色々な経験を積んでみたいのだよ」

「自由か。それなら今回、叔父さんは負けてくれるよな？」

国王戦の最終的な目標はエルフ領の王になることである。王は臣民の生活の責任を背負う。自由と正反対の責任ある職務である以上、オロチが優勝を望む理由はない。

「いいや、僕が自由を欲するのは新しい経験が欲しいからだ。生憎だが僕は王という職務を経験したことがないのでね。優勝を目指すよ。それに君たちも勝利を譲られるのは嫌だろう？」

「そうか？　闘わずに勝てるなら、楽だし最高だな～としか思わないが……」

「アリスちゃんはどうだい？」

「ダークエルフとハイエルフが手を取り合って幸せに暮らせる国を作るためなら、私の心情はどうだって構いません」

アリスも本音では正々堂々と闘い勝利することを望んでいる。しかし自分の気持ちを押し殺してでも、他人の幸せを優先する。アリスはこの場にいる誰よりも王に相応しい器を持っていた。

「なぁ、姉さんはどう思う？」

気づくとサテラも闘技場へと姿を現していた。呆れるような表情でオロチを見据えていた。

「私は中立な立場だし、アリス様のためにも無条件に勝利を譲るべきだとは思わないわ。けれど娘を放り出して自由に生きてきた父さんを、アリス様にぜひとも成敗していただきたい。私は一人の観客としてそう望みますし、きっとエルフ領に住む者たちもそれを望んでいます」

「姉さん……」

　ニコラとアリスは闘う意思を込めた瞳でオロチを見据える。確かにサテラの言葉は正しい。アリスが無条件に勝利した場合、ハイエルフは賛同するだろうが、ダークエルフはそれを理由に準決勝の再戦を訴えるかもしれない。不用意なトラブルを避けるためには、誰もが納得できる結果を示す必要がある。

「オロチさん、私は絶対に勝ちます」

「ニコラくんの弟子か。どれだけ強いのか闘うのが楽しみだ」

　オロチとアリスは闘技場のリングへと上る。エルフ領の支配者を決める闘いが始まろうとしていた。

◆

　リング上でアリスとオロチは視線を交差させる。アリスは闘う意思を込めた闘気を放ち、オロチもアリスの闘気に応えるように好戦的な闘気を纏った。

「一つ伝えておくよ。僕相手に手加減なんかしちゃ駄目だよ。ニコラくん直伝の卑怯な手段でも何でも使いなさい」

　オロチは刀を抜いて、上段に構える。隙の一切ない構えは不意打ちなど効かないと暗に告げているようだった。

「アリスちゃんに先番を譲ってあげよう。まずは御手並み拝見だ」

「その油断が命取りです」

アリスは心臓から血を滾らせるイメージで魔力を放出する。魔力は闘気と違い、それ単体では何の効果も発揮せず、魔法を発動させるエネルギーとしての力しかない。

だからこそ魔力というリソースを効率的に利用するため、アリスは時間を要しても最大効率で魔力を練る。相手が待ってくれているからこそ使える戦術である。

「実戦投入は初めてですが、いきます！」

アリスは練った魔力で魔法を発動させる。その魔法は自身の肉体を魔力の粒子に変える力であった。粒子と化したアリスは姿を消し、一瞬でオロチの背後へと移動する。本来敵の攻撃を躱すために利用する魔法を、アリスは攻撃に転用したのだ。

瞬間移動にも似たアリスの魔法に、オロチは焦る素振りを見せたが、すぐさま危機を回避するために自身の肉体を霧へと変える。再びオロチが肉体へと戻った時、アリスとオロチは互いに睨み合う形になっていた。

「その魔法……なるほど、アリスちゃんがリーゼちゃんを倒したんだね」

「まさか――」

アリスはニコラに似た格闘術を使う仮面の女性リーゼを思い出した。そして彼女の師匠が、国王戦に出場すると話していた記憶が蘇り、オロチと繋がる。

「その魔法は僕が土産として持ち帰った魔導書の力だ。そしてその魔法は誰でも扱えるモノではない。使いこなすには才能と努力が必要になる。少し舐めすぎていたかもしれないなぁ」

　オロチは教師が生徒を指導するような表情から、同じ武闘家を見る表情に変える。その顔には一切の油断がなかった。

「これは失敗したかもしれませんね……」

　闘いは相手を油断させた方が有利に進めることができる。アリスとしては下に見られているくらいが丁度良いのだ。

「これは躱せるかな」

　オロチは上段から刀を振り下ろす。刀の間合いは遥か遠い。だがアリスはジェイとオロチの試合映像を思い出し、刀の軌道から外れる位置へと身体を動かす。すると刃物で切り裂かれたような刀傷がリングに突然現れた。

「魔力の剣ですか……」

　不可視でありながら、長さが自由自在に伸縮可能な剣は、間合いを掴むことが困難だ。

「上手く躱したけど、そう何度も上手くはいかないよ」

　オロチの言葉は現実のものとなる。魔力の刃は躱すことが困難であり、見切りの才能があるアリスにとってもすべて躱しきることはできなかった。だから彼女は躱しきれなかった斬撃を、身体を魔力の粒子に変えることで防いだ。それから何度斬撃を浴びただろうか。アリスの全身は切り傷でズタボロになり、動くことすらままならない状態へと変わる。

「どうやら僕の勝ちのようだね」

「ま、まだ、私は……」

「無理をしない方が良い。魔力は底をついているし、負ったダメージも意識を保っているのが不思議なくらいだ」

「ぐっ……」

オロチの言葉にアリスは膝をつく。もう立つことすらできない。そんな状態に安心しきった彼は、刀を腰に差すと、審判であるサテラへと視線を向ける。

「僕にも情はある。ニコラくんの弟子をこれ以上いじめたくない。さぁ、サテラちゃん、僕の勝利を宣言するんだ」

オロチは勝利を確信していた。そしてそれは水晶の向こう側で試合の光景を見ているエルフ領の臣民たちも同じであった。アリスと同じハイエルフに、彼女の知人や友人、そして彼女に助けられたエルフたちが、アリスの勝利を願った。

だがその願いを打ち砕くように、オロチは勝利の笑みを浮かべていた。笑いは次第に深くなっていく。しかし口元に笑みを浮かべているのはオロチだけではない。アリスの師匠であるニコラも思惑通りの展開に、口角を歪めていた。

アリスはオロチの注意が外れた隙を衝き、ジェイから渡された肉体が負った傷を回復し、魔力と闘気を増大させる薬を革袋から取り出すと、口の中に放り込んだ。爆発的に増大していく魔力と闘気。そのすべてを消費するつもりで、アリスは肉体を魔力の粒子に変え、勢いを乗せたまま、水晶の前で勝利の笑みを浮かべるオロチの背中を蹴り上げた。

魔法による高速化と、爆発的に増加した闘気を一箇所に集めた蹴りは、油断したオロチの闘気の鎧を打ち破るに十分な威力を発揮した。油断していたため、身体を霧に変えることのできなかったオロチはリングから吹き飛び、場外の石畳を転がっていく。勢いが止まる頃には、彼は土埃でボロボロになっていた。

「み、見事だよ。それでこそニコラくんの弟子だ。君こそ勝者に相応しい」

オロチは口元に笑みを浮かべたまま、ゆっくりと瞼を閉じる。アリスの勝利を祝福するような表情だった。

◆

アリスが準決勝でオロチに勝利してから一週間が経過した頃、ニコラはとある人物を宿屋に呼び出していた。その男とはダークエルフの長、ケルンであった。

「わざわざ来てもらって悪いな。それと決勝進出おめでとう」

「……心にもないことを」

「まぁな。ケルンが負けていれば、アリスは楽に優勝できた」

ケルンの準決勝の相手はハイエルフの戦士だった。しかし彼はケルンに傷を負わせることすらできずに敗北した。

「せめて骨の一本でも折っておいて欲しかった」

「あの程度の男に後れを取るはずがあるまい。それよりも――」

ケルンは鬼の形相を浮かべて部屋を見渡す。部屋にニコラしかいないことを確認すると、イラつきを抑えきれないのか、舌を鳴らした。

「手紙の内容は嘘だったのか!?」

ニコラはケルンに一通の手紙を渡した。そこには『探し人に会わせてやるから宿屋に来い』とだけ記されていた。

「手紙の内容か。その話を聞きたいなら、まずは落ち着け。飲み物でも飲むか？」

「お前のことだ。毒でも入れているのだろう。誰が飲むか！」

「随分と嫌われたものだ」

「……ハイエルフの姫はどこにいった？」

「二人きりで話がしたかったんでな。外してもらった」

「弟子を使った不意打ちを狙っているのなら無駄だぞ。俺は警戒を解くつもりはない」

「本当にアリスは連れてきていないさ。なにせこれからする話はあいつに聞かれたくないからな……ケルン。お前、妹を探しているんだってな」

　ケルンの妹、つまりはイーリスを話題に挙げる。もしこの場にアリスがいれば、これだけで彼女はニコラの意図を理解し、彼の作戦に反対していただろう。だがニコラはアリスを勝たせるためなら手段を選ぶつもりはなかった。

「妹の居場所を知っているのか？」

「知っている。なんなら会わせてやってもいい」

「……罠ではないのか？」

「妹の居場所を教えてやることがどう罠に繋がるんだ？」

「……質問を変える。なぜ妹の居場所を知っている？」

「アリスはエルフ領の姫だからな。知っている情報も多い。その中にケルン、あんたの妹に関する情報も含まれていたのさ」

「本当に妹と会えるのか？」

「会える。だがケルン。それには条件がある」

「条件だと？」

「アリスからケルンが国王戦を開催したのは妹を探すためだと聞いた。それは本当か教えろ」

　ケルンは答えるべきか逡巡しながらも、ゆっくりと躊躇いがちに口を開く。

「本当だ……俺が王になるのは手段だ。目的は妹を探し出すことにある」

「どうしてそこまでして妹を探すんだ」

「約束したからだ」

「約束？」

「子供の頃、妹はハイエルフどもに迫害されていた。石をぶつけられ、毎日泣いていた。だが俺がその立場になってもおかしくはなかったんだ。妹がハイエルフどもの憎悪を受け止めてくれたから、火の粉が俺に降りかからなかっただけなんだ」

「…………」

「だから俺が大人になって力を得たなら、きっと救い出してみせると、生涯を懸けて守り抜いてみせると、そう、約束したんだ……だから俺はお前の話が罠であったとしても、信じて縋るしかないんだ」

「そうか……ケルンの気持ちは分かった。すぐには無理だが、必ず妹に会わせてやる」

「期待しないで待つとしよう」

ニコラはケルンにイーリスとの再会を約束する。だが彼はいつどこで会わせるかまでは頑なに取り決めることを拒絶した。これが罠だったとケルンが知るのは、まだ先の話であった。

◆

ニコラは魔方陣を使い、一足先に決勝戦の舞台である闘技場に姿を現した。まだケルンの姿はなく、オロチだけが一人リングの上へ待機していた。

「叔父さん、弟子の闘いを見に来たのか？」

「そういうニコラくんこそ、アリスちゃんの闘いを見に来たのだろう」

「……準決勝は助かった」

「なんのことだい？」

「叔父さんが本気で闘っていたら、きっとアリスは勝てなかった」

「買い被りさ。僕は本気で闘っていたよ」

オロチは首を振って否定するが、もし彼が卑怯な手段を使っていれば、勝敗は分からなかったと、ニコラは考えていた。

「僕のことはいいさ。それよりもケルンくんとの闘い、勝算はあるのかい？」

「それなら問題ないさ。必勝の策を用意してあるからな」

「それは楽しみだ。師匠である僕が言うのも何だが彼は強いよ。技量こそ僕以下かもしれないが、王になりたいという気持ちの強さはきっと誰にも負けない」

「それでもアリスが勝つさ。まぁ、楽しみにしていろ。驚かせてやるから」

ニコラはそう言い残すと、闘技場を立ち去ろうとする。

「どこかへ行くのかい？」

「人を呼んでくるのさ」

ニコラと入れ替わるように、アリスとケルンが闘技場に姿を現す。アリスは師匠であるニコラがいないことに不安げな表情を浮かべ、ケルンも彼がどこにいるか探るような視線を周囲に巡らせていた。

「役者は揃ったようね」

サテラが遅れて闘技場に姿を現すと、アリスとケルンの二人へと交互に視線を配る。

「ニコラくんなら、誰かを探しに行ったよ」

「……なるほど。あの人を呼びに行ったのね」

「ん？　どういうことだい？」

「秘密。それより泣いても笑ってもこれが最後。ハイエルフとダークエルフの頂上決戦を開始しましょうか。準備はいいですか？」

「はい。私はいつでも」

「私も問題ない」

サテラは両者が闘いの開始に同意したことを確認すると、オロチと共にリングを降りる。二人は戦闘態勢を取り、互いの動向を窺う。

「随分と強くなったな」

「努力しましたから」

ケルンはアリスの放つ闘気を見て、乾いた笑みを浮かべる。彼の知るアリスはいつも弱々しい雰囲気で、とても闘いなどできる性格ではなかった。それがいまや、冒険者ならCランク相当の闘気を放ち、彼の前に立ちはだかっているのだ。

「人は変われるのだな」

「はい。先生がいましたから」

「だがそれでも私のほうが遥かに強い。闘気量だけでも二倍近い差がある。降参する気はないか？」

「ありません。それに私は五倍近い闘気を持つ人を倒したことがありますから」

「そうか。なら容赦はしない」

ケルンは放つ闘気を増大させる。リングを呑み込むような闘気を纏い、一歩前へと踏み出した。二人の闘いが始まったのである。

◆

試合開始の合図が響いた時、闘技場の入場口で闘いの様子を見つめる二人の姿があった。一人はニコラである。そしてもう一人は元国王の護衛役を任されていたイーリスであった。

「こんな場所に呼び出して何のつもりだ。私は急ぎ国王様の元へと戻らねばならないのだ」

「それなら心配するな。イーリスの代わりにサイゼ王国一の魔法使いを護衛として置いてきたからな」

「……で、何の用なのだ?」

「呼び出したのは他でもない。イーリス、お前に頼みがあるからだ」

「頼みだと?」

「ああ。兄貴であるケルンと再会してくれないか」

イーリスはニコラの願いを聞き、その真意を理解する。だがすぐに首を縦に振ることはなかった。

「お前の魂胆は分かる。それが姫様のためになることもな。だが私は兄様と会う訳にはいかないのだ」

「……正体がばれて、命を狙われるリスクがあるからか」

「そうではない。命が惜しいのではないのだ。私は……お兄様に恨まれている」

「恨まれている? 俺にはとてもそのようには見えないが……」

「いいや、恨んでいるとも。唯一の肉親であるのに顔を見せず隠れ潜んできたのだ。薄情者だと軽蔑していることだろう。私は……お兄様の前に顔を見せる勇気がないのだ」

イーリスは沈んだ声でそう口にする。だがニコラは諦めるわけにはいかなかった。

「ケルンはイーリス、お前に会いたがっている。恨んでなんていない」

「そんなものはただの憶測だろう」

「いいや、間違いない。それにだ。お前はケルンと再会することがアリスの助けになることを理解しているのだろう」

「それは……」

「アリスとケルン。お前はどちらが大切なんだ」

「もちろん、姫様だ！」

「ならもし俺の憶測が外れてケルンに恨まれていたとしてもいいじゃないか。確かなのはアリスを助けてやれるのはイーリス、お前だけだということだ」

イーリスはリング上でボロボロになりながら闘うアリスに視線を向ける。格上に挑むアリスの闘い振りが、イーリスの覚悟に火をつけた。

◆

試合開始からすでに数分が経過し、アリスとケルンの力量さが明確に表れる試合展開となっていた。全身を傷だらけにしながら必死に闘うアリスと、余裕の表情を浮かべて無傷のケルン。

試合を見守る者の中には勝敗が決したと半ば諦める者がいるほどに力の差は大きかった。

「なぜ諦めない？　勝てないことは拳を交えて分かったはずだ」

「ハイエルフとダークエルフが共に幸せに暮らせる国を作るため……私は負ける訳にはいかないのです」

アリスは息を荒げながら、拳を前に出して構えを取る。その諦めない姿勢に、ケルンは感動すら覚えていた。

「よく頑張ったな、ハイエルフの姫よ。楽になるがいい」

最後の一撃を与えんと、ケルンは拳に闘気を集中させて、一歩前へと踏み出す。その時である。

「お兄様……」

か細い声がケルンの耳に入る。その声は慣れ親しんだ音色で、背後から微(かす)かに聞こえてきた。普段の彼なら闘いの最中に背後を振り向くことなど絶対にしない。だが長年探してきた妹の顔が脳裏(のうり)によぎり、振り向くことを我慢することができなかった。

「まさか……俺に会いにきてくれたのか……」

ケルンが背後を振り向くと、ダークエルフの少女、イーリスが立っていた。幼い頃の面影が残る顔立ちは、彼が脳裏に描く成長した妹の姿そのものだった。

「俺だ、ケルンだ！　覚えているだろう！」

縋(すが)るようにケルンはイーリスへ一歩一歩近づいていく。その足並みは感動を踏みしめるようにゆっくりとしたものだった。彼の瞳には涙さえ浮かんでいた。

「すみません、ケルンさん！」

アリスはイーリスの出現にすべてを察する。これはすべてニコラの戦略なのだと。彼女は隙を見せた相手を見過ごすほどに甘くない。妹との再会で感動の涙を流すケルンの背中に、躊躇いながらも蹴りを突き刺した。その一撃は威力こそないが、ケルンの闘気の鎧を外すことに成功する。身を守る闘気がなくなった背中に、アリスは追撃の蹴りを捻じ込んだ。

生身で攻撃を受けたケルンは衝撃で吹き飛び、口元から血を流す。ダメージを受けた彼は、虚ろな視線をイーリスへと向ける。その視線に応えるように、彼女はリングへと近づき、ケルンと顔を合わせる。

「やっと……やっと、会えた……ようやく会えた……俺が……どれだけ求め続けたか……」

「…………」

「ははははっ、国王の地位など、もうどうでもいい。ハイエルフへの復讐もただお前を探すためだけの方便だ。俺はただ、お前にさえ再会できればそれで良かったんだ」

「お兄様、私のことを恨んではいないのですか？」

「恨んでいるものか！　俺はずっとお前に謝りたかった。子供の頃、守り続けると約束したのに、独りぼっちにしてしまった」

「…………」

「色んな人から迫害されて辛かっただろ。だがこれからは俺が守ってやる。俺がいつでも傍にいてやるからなっ」

「ええ、これからはいつでも一緒です」

イーリスはボロボロになったケルンを抱きしめる。再会を果たしたことに安心したのか、ケルンは大粒の涙を流して、リングを濡らす。しばらく涙を流した後、彼はボソリと「俺の負けだ……」と敗北を宣言し、意識を失った。

「ケルン様が敗北を認めました。よって国王戦を制したのはアリス様!!　エルフ領の新しい王はアリス様に決定したのです」

サテラがアリスの勝利を宣言する。呼応するように水晶で映像を見ていたエルフたちや、傍で応援していたニコラ、そしてアリス自身が喜びの声をあげた。

エピローグ

アリスは優勝が確定すると、リング下にいるニコラに飛びついた。二人は喜びを分かち合うように抱きしめあう。

「よくやったな、アリス」

「先生のおかげです。先生が隙を生み出してくれなければ、私は負けていました」

「謙遜しなくていい。国王戦優勝はお前自身の力だ……で、これからどうする？」

「どうするとは？」

「エルフ領の女王になったんだ。忙しくもなる。これからも武闘家として俺の弟子を続けるのは難しいだろ」

アリスが国王戦で優勝した場合に、師弟関係を解消することになるかもしれないと、ニコラは朧気ながらに気づいていた。故に彼の中には別れを告げる覚悟が既にできていた。

「先生、やりましたよ」

「先生……」

「アリスは本当に強くなった。最弱だといわれていたエルフの姫がいまやエルフ領最強の武闘家だ。成長したよ」

「これもすべて先生のおかげですよ……」

「いいや、アリスの力さ。アリスが頑張ったから強くなれたんだ。そして俺もアリスと共に成長した」

「先生が成長だなんて、先生は元から強いではないですか」

「確かに俺は闘うことにおいては誰にも負けないくらい強いさ。けれどな、身体とは正反対に心は弱かったのさ」

ニコラは自嘲するように苦笑を浮かべる。その笑みには万感の思いが込められていた。

「俺は勇者パーティから追放された。信頼していた仲間たちに裏切られ、人を信頼することができなくなった。だから誰からも裏切られないように強くなろうとしたんだ。けれどそれは逃げなんだ。俺の心が弱いから、身体を強くして守ろうとしたんだ」

「…………」

「けれどアリスに出会えて変われた。人を信頼できるようになったし、心に余裕もできた。きっと昔の俺のままなら、メアリーなんて再開した瞬間に暴力に訴えていた」

「…………」

「本当に世話になった。俺はアリスの師匠でいられたことを誇りに思うよ」

ニコラはそう言い残して、立ち去ろうとする。しかしアリスはその背中に抱き着いて、彼を逃さなかった。

「……先生はこれからどうされるのですか？」

「まだ決めていないが……アリスと出会えて人に技術を教える喜びを味わえたからな。どこかの国で教師にでもなるよ」

「駄目です。教師になんてさせません」

アリスはどこにも逃がさないと言わんばかりに、ニコラを抱きしめる腕に力を籠める。

「私は先生と出会うまで力がありませんでした。いつも人を救いたいと願いながらも、それを叶えるだけの力がありませんでした」

「…………」

「私は人を救えない自分の無力さに苦しんでいました。悔し涙も何度も流しましたが、私一人の力では辛い現実を変えることができませんでした。けれどそんな私を先生は救ってくれたんです」

「…………」

「私はまだまだ半人前です。これからも自分の無力さに絶望することがあるでしょう。だから先生、これからも私の傍にいて、私を救ってください。見捨てないでください。私は先生が傍にさえいてくれれば、どんな困難だって乗り越えてみせますから」

アリスは他人のために生きてきた。国王戦への参加もエルフ領に住む臣民を幸せにしたいと願ったのが理由だった。そんな彼女が自分のために口にした我儘（わがまま）。その願いはニコラと共に過ごす毎日だった。

「アリスは我儘な奴だなぁ」

「先生……」

「そんな我儘な弟子の願いを聞いてしまう俺は、きっと甘いのだろうな」

「先生っ！」

「可愛（かわい）い弟子のためだ。仕方ない。再就職は先延ばしだな」

「やっぱり私、先生のこと大好きです！」

卑怯者だと勇者パーティを追放された武闘家は、弟子のために働くのを止めることを決意する。その決意に後悔（こうかい）はなかった。

Special Episode

文庫限定版書き下ろし短編

アリスと
卑怯なお菓子

I stopped working
Because I was expelled from
the Brave party who denounced
me as a coward

シャノア学園にいた頃、アリスは友人の女子生徒からこんな話を聞いた。

「東側の国では、感謝の証にお菓子をプレゼントするんだって」

当時のアリスはどうしてそんな風習があるのかと、友人の話に興味を示した。

「お菓子をプレゼントすることがなぜ感謝の証になるのですか？」

「それがね、この話には由来があって、東側の国では昔、兵士の結婚が禁止されていたらしいの」

「え!? 結婚をですか！」

「家族がいると、命がけで闘えなくなる。それを当時の王様が嫌ったらしいの。けれど愛する者同士を遮るのは間違っていると、異議を申し出た兵士さんがいたのね。その兵士さんは結局王様の怒りに触れて処刑されちゃったんだけど、結婚できない理不尽と闘ってくれた感謝を示すために、兵士さんの好物だったお菓子がお墓にお供えされるようになったの。そこから東側の国では感謝の証にお菓子をプレゼントする風習が生まれたんだってさ」

アリスは女子生徒の話を思い出し、エルフリアの王城にある厨房を訪れていた。昼ならば料理人たちの働く活気ある声が尽きないこの場所は、夜になると、物音ひとつしない静かな空間へと変貌する。アリスはそんな静かな厨房に、小麦粉や砂糖や果物など菓子の材料となる食材たちを並べていた。

「先生は明日の朝にシャノア共和国へと帰ってしまいます。それまでに何としても恩を返さなくては」

アリスが国王戦で優勝できたのは、偏にニコラの協力のおかげである。その恩に少しでも報いるために、彼女は東側の風習に則り、手作りの菓子を贈るつもりであった。

「でも私にお菓子なんて作れるでしょうか」

アリスは肉や魚を焼くだけのシンプルな料理なら作ることができる。しかしお菓子となると話は別だ。例えばケーキであれば焦がさないようにスポンジを焼き上げ、ムラなくクリームを塗り、食欲をそそるように果物をトッピングしなければならない。

「クッキーなんかだと、もしかしたら私でも作れるかもしれない。けれどそれでは感謝の気持ちが伝わらないかも」

どうせ作るのならクッキーのような簡単な菓子ではなく、ケーキのように作るのが困難な菓子に挑戦したい。アリスは菓子を受け取ったニコラが喜んでいる姿を想像して、何としてもケーキを作ってみせると決意する。

「でも私の料理の腕前でケーキなんて……そうだわ。もしかしたらイーリスなら何かアドバイスをくれるかも」

アリスは念話によりイーリスを厨房へと呼び出し、ニコラに恩返しをしたい旨を説明する。

しかし彼女は苦虫を嚙みつぶしたような表情を浮かべて、首を横に振った。

「……やはり私の腕では無理なのでしょうか？」

「時間さえあれば姫様も立派なケーキを作り上げることができるでしょう。しかしタイムリミットが明日まででは……」

「それでも諦めたくないの……」

「……姫様らしいですね。仕方ありません。私がケーキの作り方を指導させていただきます」

「イーリスっ！　ありがとう！」

　アリスが感謝を示すようにイーリスへと抱き着く。抱き着かれた彼女もまんざらではないのか、頬（ほお）が緩（ゆる）んでいた。

「では作り方を説明します。まずは――」

　イーリスの指示通りにアリスはケーキを作り上げていく。不慣れな手つきで、スポンジを焼いて、クリームを塗ると、見栄えの悪い不格好なケーキが出来上がっていた。

「何がまずかったのでしょうか？」

「スポンジを焼き上げる時間が長かったようですね。そのせいで小麦色のスポンジに焦げた黒い染みが浮かんでしまっています。それにクリームの塗りも厚みが一定になっていません。これではクリームがベットリと塗られている部分は、クリームの味が強すぎてスポンジの味を殺してしまいます」

「まだまだ練習あるのみということね」

　アリスは自分の至らなさを再認識し、再びケーキ作りに挑戦する。その様子をイーリスは傍で支え、助言し続けた。

「姫様、もうそろそろ日が昇りますよ」

「でも先生にプレゼントできるようなレベルにはまだ至っていません。もう少し頑張らないと」

アリスの試作は既に十回を越えていた。しかし完成したケーキは最初に比べれば進歩しているが、それでも不格好なのは変わらない。

「姫様、このまま続けても満足するものが完成するとは思えません」

「そうかもしれない。でもね、少しずつ上達はしているの。先生には少しでも美味しいケーキを食べてもらいたいから、私、諦めない」

「そうですか……姫様がそういうなら仕方ありませんね」

夢中になってケーキを作り続けるアリス。そんな彼女の努力に報いてあげたいと、イーリスは心の中で覚悟を決める。

「姫様、私は少し外しますがよろしいですか？」

「ありがとう、イーリス。教えてもらったことは頭の中に叩きこんだから、あとは手を動かすだけだし、私一人でも大丈夫よ」

「ではお言葉に甘えまして」

イーリスはアリスを一人残し、厨房を後にする。彼女は一人夢中になりながらケーキを作り続けるが、納得のいくものができあがらない。

「そもそも先生は甘いものが平気なのでしょうか……」

アリスはケーキ作りが上手くいかない焦りから、そもそも菓子を完成させたとしても、本当に食べて貰えるのかという不安が湧いてきた。

「先生のような大人の男性なら、苦みのある味の方が好物かもしれませんね」

アリスは食料保存庫から粉末状のカカオを取り出し、ケーキのクリームに混ぜる。白いクリームが茶色いカカオ色に染まっていった。

「さてお味はどうでしょうか……」

アリスはクリームを舐めてみる。苦みはほとんどなく、甘いクリームの味だけが舌の上で広がった。

「カカオではただのチョコレートクリームに変わっただけでしたね。この程度の苦みでは先生が満足するはずありません」

次にアリスが目を付けたのは麦酒の味付けに使われるホップを細かく砕いた調味料であった。

「先生がお酒を飲んでいるところは見たことがありませんが、きっと大人の男性ですから、お酒も好物に違いありません。試しに混ぜてみましょう」

アリスはポップをクリームの中に混ぜる。すると麦酒のような香りが厨房に漂い始め、彼女の耳が真っ赤に染まっていく。

「アルコールは入っていないはずなのに、匂いだけでクラクラします。この調味料は封印ですね」

　アリスはポップを食料保存庫にしまうと、次に黒いコーヒー粉を発見する。とうとう答えに辿り着いたと確信を抱き、彼女はコーヒー粉をクリームに混ぜてみた。

「苦みが強くなりました。どうやら成功のようですね」

　アリスは隠し味の成功に喜ぶ。そしてさらなる喜びを得るために、手元のコーヒー粉をじっと見つめる。

「私は苦い食べ物が苦手ですが、先生はもっと苦い方が好みかもしれませんね」

　何事にも思い切りは大事。そう覚悟を決めたアリスは、クリームに大量のコーヒー粉を投入する。クリームが白から黒へと変わり、白さの中に浮かんでいた艶が消え去っていた。

「苦みの強いコーヒークリームは完成しましたが、見た目はあまり美味しそうではないですね」

　食事は味も大事だが、見た目も食欲に大きな影響を与える。このクリームを外に塗ったのでは、最初の一口でさえ食べて貰えるか分からなくなる。

「このクリームは隠し味として中に塗りましょう」

　アリスはスポンジで挟み込むように、コーヒークリームとフルーツを鏤めていく。そして中身が見えないように外を白いクリームで覆う。

「コンセプトは苦みを隠し味としたショートケーキ。後は完成度を上げれば、きっと先生も喜んでくれるケーキができあがるはず」

アリスは隠し味の成功に確信を抱いて、ケーキ作りの試行錯誤を進める。しかし彼女は気づいていなかった。素人が料理に工夫をした時、それは失敗へと突き進んでいるということに。

◆

厨房の窓から日差しが差し込み、朝になったことを知らせる。結局、アリスは一晩中、ケーキを作り続けたが、菓子職人のような形の整ったケーキを作ることはできなかった。

「このケーキでは先生に恩返しなんて……」

アリスは悄然とした表情で小さなため息を吐く。そのため息に引き寄せられるように、台所の扉が開き、二つの人影が現れる。

「イーリスと先生！」

「イーリスから聞いたよ。俺のためにケーキを作ってくれているんだろ」

「はい。でも上手く作れなくて……こんなものしか……」

素人が作ったような不格好なケーキ。それを見たニコラは優し気な笑みを浮かべると、ナイフで一口サイズに切り出し、口の中に放り込んだ。

ニコラは黙々と咀嚼する。その様子をアリスは期待を込めて見つめる。一方、イーリスは脅迫するような強い視線を向けて、彼に何かを訴えかけた。

（分かっているよ、心配するな）

ニコラは昨晩のことを思い出す。来客用の寝室で寝床についていた彼はイーリスに叩き起こされたのだ。

イーリスはニコラを連れて、ひっそりと厨房を訪れた。厨房ではニコラのために汗を流すアリスの姿があった。彼女の動きは料理に慣れた者の手つきではなく、不慣れであることが一目で分かるほどに不器用だった。しかし彼女は必死になってケーキ作りに挑戦していた。すべてはニコラのための頑張りである。そんな弟子の頑張りを知っているニコラが、アリスに向ける表情は一つしかない。嬉しそうな満面の笑みであった。

「先生、お味はどうですか？」

「美味しい……こんな美味しいケーキ、食べたことがない」

「本当ですか！　頑張った甲斐がありました。やはり隠し味のコーヒー粉が上手く作用したのでしょうか」

「そうだな。丁度良い苦みだった」

ニコラは笑顔を浮かべて、口ではそう答えるが、彼の口の中は強烈な苦みに支配されていた。

（こんな苦いケーキは初めてだ。水で洗い流したいが、アリスの前でそんなことをするのは気

が引けるしな)

ニコラが内心苦しんでいると、イーリスがクスリと笑いを漏らす。アリスも釣られるように、ニコラがケーキを喜んでくれたことに笑みを零した。

(どんなに不味いケーキでも俺から旨いという言葉を引き出すために、アリスの頑張る姿を見せたんだな。あんな姿を見せられたら本当のことを言う訳にもいかない。本当、卑怯な女だよ)

してやったりと、イーリスは頰を緩ませる。対照的にニコラは、これではどちらが卑怯者か分からないと、苦笑いを浮かべるのだった。

あとがき

このたびは私の作品をご購入いただき、ありがとうございます。上下左右と申します。

なにぶん小説を執筆するのは初めての経験で、あとがきで何を語れば良いのか手探りの状態ですが、皆さんが気になるであろう小説が発売されるまでのプロセスについて語ろうかなと思います。

本作の書籍化が決まった後、最初に着手したのがイラストレーターさんにお願いするためのキャラクター設定資料の作成でした。どんな髪と瞳の色で、どんな顔をしていて、どんな服装をしているのかを指定するのですが、特に深く考えずに設定資料を作成すると、類似する設定のキャラクターが何人も出てきました。なんと恐ろしいことに初期設定だと銀髪の女の子が三人も登場し、担当編集さんから『銀髪の女の子が好きなんですか?』と聞かれたのは良き思い出です。

はてさてイラストレーターさんの希望を出し、美麗なイラストを描かれるがおう様が本作を担当してくださることに決まり、原稿の修正作業に入りました。担当編集さんから誤字脱字や構成に関わる指摘を頂き、適宜修正していきます。おかげで最終原稿は元の原稿と比較すると、格段に面白い作品に仕上がったと胸を張ることができます。

私の最終原稿が完成した頃、がおう様のキャラクターラフ絵も完成し、手元に送られてきました。それを見た瞬間、あまりの可愛らしさに『ヒロインの中の誰でもいいから私と結婚してくれ！』と自宅の中心で愛を叫びたくなりましたが、近所迷惑になるのでグッと我慢しました。続いてカバー絵や挿絵も完成し、私の方も特典小説と、あとがきが完成して、書籍化作業は終了となります。読者様の手元に届く頃には、きちんとした本の形になっていることでしょう。これが書籍化作業の概略になります。

最後に本作に携わってくれた関係者の皆様に謝辞を申し上げます。特に私の小説を拾い上げて書籍化させて頂いたこと、拙い原稿の完成度を上げるサポートをしてくれたことなど担当編集さんとダッシュエックス文庫様には足を向けて眠ることができないほどに感謝しております。

また華麗なイラストを描いてくださったがおう様にも感謝しかありません。ヒロインたちはすべからく可愛く、主人公のニコラも作者のイメージより何倍も素敵なイラストでした。

そして何より本作を購入してくださった読者の皆様にはどれだけ感謝してもしきれません。本当にありがとうございました。

ニコラとアリスの闘いはこれからも続いていきます。もし一巻の売り上げが順調で、二巻が発売されることになれば、読者様に楽しんで頂ける作品を提供できるよう頑張りますので、これからもよろしくお願いいたします。

上下左右

この作品の感想をお寄せください。

あて先　〒101-8050　東京都千代田区一ツ橋2-5-10
集英社　ダッシュエックス文庫編集部　気付
上下左右先生　がおう先生

ダッシュエックス文庫

卑怯者だと勇者パーティを追放されたので
働くことを止めました

上下左右

2019年5月29日　第1刷発行

★定価はカバーに表示してあります

発行者　鈴木晴彦
発行所　株式会社　集英社
〒101-8050　東京都千代田区一ツ橋2-5-10
03(3230)6229(編集)
03(3230)6393(販売／書店専用)　03(3230)6080(読者係)
印刷所　図書印刷株式会社
編集協力　石川知佳

ISBN978-4-08-631307-0 C0193